SV

Inhalt

Eine furchtbare Kraft ist in uns, die Freiheit.
Man kann die Unschuld berühren.
Man ist zum Leiden bereit.

Cesare Pavese

Gesang der Hunde

Sommer oder Spätsommer, alles blühte, und wir schwitzten; ich erinnere mich an Irenes Geruch. An so etwas erinnere ich mich. Es war ungefähr zu der Zeit, als jeder Idiot Tennis spielte. Du mußtest den Platz wer weiß wie lange vorbuchen, und immer gab es Streit um die Bälle. Wir waren Freunde, das kann man sagen. Wir arbeiteten in derselben Filiale und spielten zweimal im Monat ein gemischtes Doppel. Naja, leicht gemischt. Bernd war bei den Klassikern und außerdem für die Werbung zuständig, Irene leitete die Sachbuchabteilung, Carsten war unser Chef-Sortimenter, und ich machte den Versand. Das heißt, ich packte die Schwarten in Kartons und fuhr sie zur Post. Vor Schulbeginn, den Sommerferien und zu Weihnachten war das eine schöne Wuchterei.

Obwohl wir in verschiedenen Etagen arbeiteten – Carsten hatte neuerdings Prokura –, gab es eine Wellenlänge. Bei uns Jungs sowieso, wegen dem Sport, und Irene war auch eher burschikos. Sie hatte eine richtig schöne Sachbuchstimme und hielt bei jedem Getränk bis zum Abwinken mit. Sie war schnell, sexy und irgendwie … handlich.

In den Mittagspausen gingen wir oft rüber ins Arbeitsamt, in die Kantine. Da gab es die größten Portionen, und man muß erlebt haben, wie Carsten sich den Schlips über die Schulter warf und in sein Wiener Schnitzel einstieg. Und Bernd, unser Kulturmensch, tat es nie unter zwei Desserts. Nur Irene aß zu der Zeit eher wenig. Sie lebte in Scheidung, und wenn ichs recht bedenke, hatte sie früher nicht so viele graue Strähnen.

Zwei Jahre lang wurde prozessiert, es ging um jede Kuchengabel, und sie saß am Kantinentisch und pickte wie eine Nähfrau auf den Briefen der Rechtsanwälte rum. Dieser Punkt und jener Punkt, und »Stellt euch vor, der Kerl will das ...« Mein lieber Schwan. Ich weiß schon, warum ich nicht verheiratet bin. Und wenn ichs wäre und würde mich trennen: Kaugummi unters Bett, und bye-bye!

Doch Irene kämpfte um jeden vollgepupten Sessel. Denn angeblich wollte ihr der Matze das Fell über die Ohren ziehen. Aber das konnte ich mir nicht vorstellen. Er war Ausbilder im Maschinenbau, ein gemütlicher Typ mit Schnauzbart, der meistens Cordhemden trug. Pflichtbewußt. Wenn wir früher zusammensaßen, im »Goldenen Rad« oder wo, trank er selten mehr als ein Glas und ging dann nach Hause, um sich auf den Unterricht vorzubereiten.

Naja, ein paar Umwege wird er also gemacht haben. Das verstand ich, und ich verstand es nicht. Irene ist wirklich ein heißer Braten, und sie hatten einen Spiegelschrank vorm Bett. Aber sowas ist wohl nicht alles im Leben.

Jedenfalls war die Scheidung endlich perfekt, und Matze lebte schon lange woanders und durfte das Haus, in dem Irene mit ihrer Mutter und der Flicka

wohnte, nicht mehr betreten. Es stand über den Streu-
obstwiesen, wo ich mir nicht mal eine Besenkammer
leisten könnte. Bevor die Gegend eingemeindet wurde
und die ganzen Geldmenschen aufkreuzten, war Irenes
Großvater dort Pfarrer gewesen. Sie wohnte also im
Pfarrhaus, im ersten Stock. Im Parterre lebte die Mutter
mit dem Hund, und die Rechtsanwälte hatten verein-
bart, daß Matze nur noch die lange Einfahrt und die
Garage betreten durfte, um da seinen Anteil rauszuho-
len, die Möbel und das Zeug. Schon die Treppe zur
Haustür war tabu.

Also mußten die Brocken runtergeschafft werden, und
Irene versprach uns ein Frühstück vom Feinsten. Später
sollte es Rahmgeschnetzeltes geben. »Und für dich«,
sagte sie und klopfte mir den Tennisschläger auf den
Hintern, »für dich macht die Mama extra viel Blumenkohlsalat.« Schon überzeugt.

Aber Irene hatte auch Angst. »Irgendwas liegt in der
Luft«, sagte sie. »Ich hab das Gefühl, daß der noch was
anstellt. Schließlich ist das sein letzter Auftritt. Ich würd
mich nicht wundern, wenn er Amok läuft.«

So einen Quatsch erzählte sie. Dabei war Matze der
Frieden in Person. Er lebte still in einem dieser Billig-
zimmer mit Kochplatte gleich hinterm Bahnhof, trank
nicht und ging regelmäßig schubbern. Jedenfalls hatte
mir das einer vom Spielklub Süd erzählt, wo Matze die
Jugend trainierte.

Also gut, am nächsten Sonntag standen wir pünktlich
vor der Tür. Es war heiß; ich trug mein rotes Unterhemd und die Safari-Shorts. Carsten hatte seine beiden
Knirpse mitgebracht, Sven und Lisa, und Frau Seidlich,

Irenes Mutter, zog ihnen die Kleider aus und steckte sie in den kleinen Pool hinterm Haus. Dann frühstückten wir, räumten die Wurstplatte ab, aßen Eier mit Speck und süße Krapfen, und ich trank eine Kanne von dem Kaffee. Was Frau Seidlich macht, macht sie richtig.

Irene aß nichts. Sie rauchte eine nach der anderen, ging auf der Terrasse herum, überprüfte irgendwelche Listen und sah immer wieder durch die Sträucher zum Tor. »Bin mal gespannt, wen der mitbringt«, murmelte sie. »Wer dem überhaupt noch hilft. Richtige Freunde hatte der nie ...«

Ich setzte mich auf die Hollywoodschaukel und steckte mir auch eine an. Oben, auf dem großen Balkon, von dem man über die Stadt und den löcherigen Wald blicken konnte, standen schon ein paar Kisten, und ich fragte: »Wohin tut er die, wenn er nur ein möbliertes Zimmer hat?«

Irene trug einen schwarzen Overall, sehr eng, und schwitzte unter den Achseln. Sie verzog das Gesicht. »Das soll meine Sorge nicht sein.« Dann ging ich aufs Klo, und endlich legten wir los.

Das Sofa kriegte er, die Sessel sie. Die Schrankwand er, das Sideboard sie. Eßzimmertisch und zwei Stühle er, Eßzimmerregal und zwei Stühle sie. Den Videorecorder versteckte sie auf dem Dachboden. Geschirrspüler sie, Bett sie, Spiegelschrank er. Von den ganzen Kisten und Schachteln nicht zu reden.

Wir stellten erst mal alles auf diesen Balkon, der eigentlich schon das Garagendach war, und dann gingen Carsten und ich runter, und Irene und Bernd schoben uns den Kram über die Brüstung. Dabei staunte ich doch

über meinen schmalen Klassiker-Freund. Ganz allein wuchtete er das riesige Sofa hoch und ließ es zu mir runter. Also denke ich, das Ding ist leicht und nehme es auch allein entgegen. Sack und Asche. Und als ich auf dem Hintern sitze, schreit Irene: »Meine Rosen!«
Das hätte sie mir nicht sagen müssen; das spürte ich wohl. Wir brachten die Plörren also in die Garage. Auch das stand im Vertrag. Bei Transport- oder Wetterschäden hätte Irene Ersatz abdrücken müssen. Dann fuhr sie ihren Polo aus der Einfahrt, und schon waren wir fertig.
Mittagessen. Doch weder von der Kraftbrühe noch von dem Rahmgeschnetzelten mit Rösti und Lauch aß Irene etwas. Zum Glück auch nichts vom Blumenkohlsalat. Statt dessen waren Lungenbrötchen angesagt, eins nach dem anderen, schön dick mit Teer belegt.
Nach der Götterspeise gabs noch mal Kaffee, und dann hätten wir eigentlich gehen können. Aber das war eben der Punkt. Irene wollte, daß wir blieben, bis Matze alles verladen hatte und abgefahren war. Sie kriegte Angst. »Wer weiß, wen der hier anschleppt«, sagte sie. »Nachher kommt die halbe Stammkneipe mit, und die trampeln mir alles kurz und klein. Ihr könnt es euch ja bequem machen, oder? Wolfgang, willst du 'n Bier?«
Und ob ich wollte. Carsten ging nach hinten, planschte mit den Kindern, und Bernd, Zahnstocher zwischen den Lippen, nahm eine Trittleiter und kümmerte sich um Frau Seidlichs Bücherregal. Das war riesig und voll von alten Lederbänden, die mal ihrem Vater, dem Pfarrer, gehört hatten. Manche waren sogar goldbedruckt. Doch jetzt steckten lauter Illustrierte dazwischen, »Pra-

line«, »Auto, Motor, Sport« und anderes Zeug. Bernd räumte das weg.

Irene machte sich oben zu schaffen, in ihrer Wohnung, schob die restlichen Möbel herum, und ich spielte mit dem Hund im Garten. Ich mochte das Vieh, es erinnerte mich an meinen alten Jacky, den Räuber. Doch Flicka war netter. So ein Kampfhundverschnitt und höllisch laut, aber okay. Mein Jacky dagegen: Ich kann die Arztrechnungen gar nicht zählen. Zum Glück ging er nur auf Hunde los. Und als er dann einen Maulkorb verpaßt kriegte, wollte ich nicht mehr. Wie sieht das denn aus, wenn du mit so einem vergitterten Tier rumläufst. Gemeingefährlich, oder? Da hab ich ihn verschenkt.

Als das Auto kam, lag ich im Gras und träumte was von Menschen, denen man durch Hände und Füße sehen konnte. Verrückt. Flicka kläffte, und ich fuhr hoch. Es war ein Pritschenwagen mit Plane, und Matze lenkte ihn rückwärts die Auffahrt rauf. Irene stand an einem der Fenster im ersten Stock und preßte einen Putzschwamm in der Faust zusammen. Sie sah mich an. »Geh, sag Carsten und Bernd Bescheid, ja. Und die Mutti soll den Kaffeetisch auf der Terrasse decken.«

Matze begrüßte mich mit einem Nicken. Er sah aus wie sonst, jedenfalls auf den ersten Blick. Sein Gesicht war vielleicht etwas schlaffer geworden, käsig auch, und er musterte das Zeug in der Garage. Dabei fuhr er sich durch die dünnen Haare. Stumpfes Blond. Er trug Sandalen ohne Strümpfe, ein Cordhemd, das über der kurzen Hose hing, und ich stand auf und sagte: »Na Mensch, wir zwei sind die einzigen mit korrekter Kleidung hier, was Matze?«

Er beachtete mich kaum. Er sagte irgendwas, aber nicht zu mir. Hinter dem Wagen war noch jemand, und als er die Plane zurückschlug, erkannte ich Gerd, den dürren Platzwart vom Spielklub Süd. Wir nannten ihn manchmal Galgen-Gerd, wegen dem langen Hals. Er war ein Volltrinker und eigentlich auch kein Platzwart mehr. Aber er lief immer noch da rum und sammelte die Socken und verschwitzten Trikots der Junioren zusammen. Mich schien er nicht mehr zu kennen.

Flicka schnupperte an den beiden und knurrte ängstlich. Sie war erst seit Matzes Auszug im Haus, konnte also nichts mit ihm anfangen. Aber vielleicht witterte sie doch etwas, einen entfernten Geruch, den es auch in der Wohnung gab. Jedenfalls wedelte sie plötzlich mit dem Schwanz und winselte leise – bis Irene sie auf die Terrasse rief.

Sie rannte die drei oder vier Stufen und den gewundenen Weg hoch. Das Kratzen ihrer Krallen auf den Platten – das war, wie auf Stanniol zu beißen. Irene und ihre Mutter standen hinter den Rosensträuchern und sahen zu Matze hinunter. Die Sonne war in ihrem Rücken, und er legte einen Unterarm über die Augen und rief: »Seid ihr da?«

»Hallo!« sagte Frau Seidlich. »Na, du?« Die alte Stimme klang noch etwas bröckeliger. Sie hatte sich die Lippen übermalt und trug mehrere Bernsteinketten. »Soll ich dir einen Kaffee bringen?«

Ihre Tochter, neuer Rock und frische Bluse, funkelte sie an. Sie roch irgendwie; ich ging nah hinter ihr zum Tisch.

»Danke«, sagte er. »Wir müssen uns ranhalten. Sind gleich weg.«

Ich setzte mich neben Bernd, der in einem dicken Buch blätterte, sah mit ihm hinein. Es waren fremde Schriftzeichen, griechische vielleicht, und Bernd, der irgendwas studiert hatte, konnte sie lesen; jedenfalls bewegte er die Lippen, wie mein Vater über der »Bild«. »Was steht da?« fragte ich flüsternd. »Schweinische Sachen?« Doch er antwortete nicht.

Wir tranken Kaffee und Sherry, und die Männer verluden zügig Stück für Stück. Gerd trug eine graue Baseball-Kappe, und der dunkle Fleck über der Stirn wurde langsam größer; sogar der Mützenschirm saugte sich voll mit dem Schweiß. Wir rauchten und beobachteten das durch die Sträucher hindurch.

Als Carsten ums Haus kam, wurde gerade der Schlafzimmerschrank verstaut. Die Spiegelfläche blitzte in der Sonne, der Garten rutschte seitlich weg, und plötzlich erkannte ich mein Gesicht in den Pflanzen, rot vor Hitze und Alkohol. »Hallo Matze!« sagte Carsten. »Alles im Lack? Sollen wir mit anfassen?«

»Nein, danke.« Er wischte sich den Schweiß aus den Augen. »Geht schon. Wir habens gleich.«

Carsten trat an den Tisch, sah uns an, sagte aber nichts. Niemand sagte etwas. Die Kinder kriegten Kuchen, wir blätterten in Zeitschriften oder Möbelkatalogen, die überall herumlagen, und Irene sah auf die Uhr und sagte einmal leise »Bong!«, als irgendwas gegen das Blechtor schlug. Das Illustriertenblatt, das sie zwischen Daumen und Zeigefinger hielt, zitterte leicht.

Wenn sie sprach, dann nur gedämpft. Sie bewegte dabei kaum die Lippen. »Hat er eigentlich die Police zurückgeschickt damals? Ich weiß das jetzt gar nicht mehr...«

Ihre Mutter nickte, spitzte den Kindern Stifte an, und ich setzte mich auf die Hollywoodschaukel, wo es schattiger war. Flicka, die es sich dort bequem gemacht hatte, öffnete nicht mal die Augen. Im Schlaf zuckten ihre Lefzen, und man konnte einen Zahn sehen.

Irene hatte immer Hunde gehabt, jedenfalls solange ich sie kenne. Vor Flicka war es Moll gewesen, den ich auch gern mochte. Es war einer von diesen grau-weißen Hirtenhunden, hab die Bezeichnung vergessen. Gutmütig. Die Haare hingen tief im Gesicht; man konnte die Augen nicht sehen. Und eines Tages machte Irene Schnipp-Schnapp. Sie fand, das sähe süßer aus. Stimmte sogar. Aber ich sagte damals gleich: »Das kannst du nicht tun. Die Fransen vor den Augen haben einen Sinn. Nichts in der Natür ist zufällig.«

Interessierte sie nicht. Und als Moll Entzündungen kriegte, schmierte sie ihm dauernd Salben unter die Lider. Doch das half irgendwann nichts mehr. Also mußte er Penicillin fressen, immer mehr Pillen, in Salamischeiben gewickelt; die Haare wurden weiter kurz gehalten. Dann bekam er jede Woche eine Spritze, und plötzlich lag er tot im Flur.

Das war ungefähr zu der Zeit gewesen, als ihr Mann ausziehen mußte, und sie saß auf der Bank im Garten, warf Grünsamen über das Hundegrab und sagte: »Alle lassen mich allein.«

Daran dachte ich, als sie plötzlich zusammenzuckte. Die Scharniere der Ladeklappe quietschten. Matze hatte sie gerufen. Irene drückte die Zigarette aus und stand auf, antwortete aber nicht. Sie knibbelte an ihren

Fingern herum, zog sich etwas Nagelhaut vom Daumen. Die Lippen nur noch ein Strich.

Matze schien sie nicht zu sehen. Er hob eine Hand über die Augen und rief noch einmal: »Renchen?«

Sie war kreidebleich, hielt sich an Carstens Schulter fest. Doch der blieb seelenruhig sitzen, löffelte seinen Kuchen. Sie strich sich eine Strähne hinters Ohr. »Was willst du?«

Ihr Ex trat zwei Stufen höher, was er eigentlich nicht durfte. Doch jetzt sah er sie wohl. »Die Kiste mit den Platten fehlt.«

Sie atmete aus, sank zurück in den Campingstuhl und schlug einen »Stern« auf. »Nein, tut sie nicht.« Ihre Beine glänzten leicht von dem Sonnenöl; sie hatte jede Menge Schmuck angelegt und war toll geschminkt. »Steht hinterm Rasenmäher.«

Er nickte, schloß einen Hemdknopf über dem Bauch, betrachtete die Kaffeetafel. Auch er hielt eine Liste in der Hand. Die Kinder stritten sich gerade um einen winzigen Gummiventilator, batteriebetrieben, die kleine Lisa verdrehte die Flügel, riß sie fast ab, und Matze schmunzelte und sagte: »Hallo, Bernd!«

Der, immer noch in sein Buch vertieft, sah nicht auf. Er hob nur eine Hand. Carsten beruhigte die Kinder, und als Matze sich umdrehte und die Stufen wieder runterging, bemerkte ich zum ersten Mal die kahle Stelle an seinem Hinterkopf.

Irene machte ihre genervte Schnute. Sie zog an einem Ohrclip, legte ihn auf die Untertasse und murmelte: »Platten! Was soll ich mit verstaubten Platten ...« Sie hatte ein neues CD-Gerät.

Die beiden waren fertig. Galgen-Gerd kletterte in den Wagen und trank aus einer Bierdose, die auf dem Armaturenbord stand. Matze reichte ihm einen Karton ins Führerhaus und schloß die Garage. Dann wischte er sich das Gesicht mit den Hemdzipfeln ab. Doch bevor er hinters Steuer stieg, bog er einen langen, quer über der Einfahrt hängenden Rosentrieb ans Spalier zurück, klemmte ihn irgendwie fest.

Einen Fuß schon auf dem Trittbrett, drehte er sich noch mal um. »Also, Mama ...« Ich konnte seinen Kehlkopf sehen. »Tschüs dann! Machts gut.«

Frau Seidlich blickte auf – aber nicht zu dem Schwiegersohn hin, sondern geradeaus, in den Garten. Erschrocken kam mir das vor, als wäre ihr was eingefallen. Sie schloß kurz die Augen. Dann widmete sie sich wieder dem Kind auf ihrem Schoß, führte seine Hand mit dem Buntstift über das Blatt und sagte: »Tschüs, Matthias.«

Lautlos rollte der Laster davon und verschwand zwischen den hohen Wacholderbüschen. Erst vor dem Gartentor wurde der Motor gezündet, und als Matze auf die Straße bog, schlug etwas unter der Plane um. Irene stellte das Geschirr zusammen.

Wir waren mit Carstens Kleinbus gekommen, einem Firmenwagen, und sie wollte mit uns in die Stadt fahren und sich ein paar Gläser genehmigen. Sie fragte mich, ob ich mitkäme, und ich zuckte mit den Schultern, zeigte auf mein Hemd. Doch sie winkte ab.

Als wir die Einfahrt hinuntergingen, griffen die Kinder nach unseren Händen, und das Mädchen fragte mich, ob ich die Hundesprache verstehe. »Aber hallo!« sagte ich, und Carsten grinste. Er klimperte mit den Schlüsseln und wies im Vorbeigehen auf einen Mauerpfeiler. Bernd blieb stehen. Auf dem Postkasten lag etwas, eine Schallplatte, und er betrachtete sie von allen Seiten und gab sie an Irene weiter.

Die stutzte erst. Doch dann lächelte sie herb, das Kinn wurde kraus dabei, und ihre lackierten Fingernägel verschwanden in der Hülle und kratzten mehrmals schnell über das Vinyl. Eine Jazz-Aufnahme, wenn ich das richtig gesehen hatte, »Miles Davis and Friends«.

»Stimmt«, sagte sie. »Das war meine.« Sie öffnete die Mülltonne und warf sie hinein.

Im Auto fragte der Junge, ob Hunde auch Musik mögen. Er schnallte sich ganz allein an. »Nicht wirklich«, sagte sein Vater, und plötzlich wollten die Kinder wissen, wie Hunde singen.

Irene machte ein paar Laute, aber sie schüttelten die Köpfe. »Das ist doch Bellen!« Dann knurrte und brummte Bernd, aber auch das war nicht richtig. Carsten gab Gas, wahrscheinlich wollte er noch arbeiten, wie immer. Der kannte keinen Sonntag. Er fuhr ziemlich schnell, und alle sahen mich an. Die kleine Lisa bohrte einen Finger durch ein Loch in meinem Hemd und rief: »Du jetzt! Du!« Sie hatte große Augen, und die Augen im Rückspiegel waren genauso blau.

Ich mußte mich etwas aufrichten. Dann bog ich den Kopf in den Nacken, holte Luft und legte los. Die Kinder klatschten. Ich hatte überhaupt keine Hemmungen. Ich spürte Irenes Hand auf meiner Hand und legte richtig los.

Das Bullenkloster

Meine Mutter verließ uns ohne ein Wort oder eine schriftliche Nachricht, aber ich wußte Bescheid, als ich aus der Schule kam und den offenen Schrank sah. Sie hatte alle Fotos von sich aus dem Album genommen, und einen Sommer lang kamen Briefe von einem Münchner Anwalt. Im darauffolgenden Herbst stürzte mein Vater vom Gerüst, was an sich nicht schlimm war; er fiel in Sand. Doch ein nachrutschendes Steinbrett, eine Palette voller Ziegel, zertrümmerte seine Hüfte.

Nach über einem Jahr in Krankenhäusern und Reha-Kliniken war er so weit wiederhergestellt, daß er sich mit einem Stock vorwärtsbewegen konnte. Aber das Treppensteigen ging nicht mehr, und wir zogen in eine Parterrewohnung neben dem Spar-Markt. Aus meinem Fenster blickte ich auf Berge von Verpackungspappen, die vor der Rampe lagen. Abends trafen sich dort manchmal Paare.

Ich wurde sechzehn, doch mein Vater wollte mir nicht erlauben, in der Wohnung zu rauchen. Er war seltsam geworden, sprach noch weniger als sonst, ging zu jeder Gelegenheit in die Kirche und trank auch keinen Alkohol mehr. Weil er nicht ganz nüchtern gewesen war bei dem Unfall, kriegte er nur eine verminderte Rente. Aber die Baufirma hatte ihm noch einmal eine Stelle angebo-

ten, als Nachtportier in dem dreistöckigen Klinker-
haus, das im Brachland hinter der Siedlung stand und
alleinstehende Arbeiter beherbergte, damals meistens
Portugiesen und Sizilianer. Alle nannten es Bullenkloster. Die Haltestelle hieß aber Ledigenheim.

Ich sah meinen Vater nicht sehr oft. Wenn ich in die
Stiefel mußte (ich ging zur Fachoberschule, eine Bus-
stunde weit entfernt), lag er entweder schon im Bett;
dann stand eine Kanne Malzkaffe auf dem Herd. Oder
er war in der Frühmesse; dann machte ich mir eine
Kanne Tee. Doch eines Morgens, es war in der Advents-
zeit, wartete er auf mich und fragte, ob ich ihn nicht
einmal vertreten könne in dem Bullenkloster. Der Chor,
in dem er sang, auch so eine Kirchensache, war zu einem Wettbewerb in die Festhalle geladen worden, und
anschließend wollte man noch »gemütlich zusammen-
sitzen«.

»Du mußt nicht viel machen«, sagte er und humpelte
ins Bad, um den Stein auf den Klodeckel zu legen, wegen der Ratten. Ich vergaß das immer. »Um zehn
schließt du ab, um elf drehst du die Heizung aus und um
Mitternacht die Sparbeleuchtung an. Und wenn noch
jemand rein will, läßt du dir die Zimmermarke zeigen,
das ist alles. Den Rest der Zeit kannst du lesen. Du liest
doch gern, oder?«

Ich nickte. »Warum denn so früh die Heizung aus? Und
wenn jemand länger aufbleiben will?«

»Dann muß er frieren«, sagte mein Vater und schob mir
einen Geldschein über den Tisch. »Du hast einen Lüfter
im Kabuff.«

An dem Freitag, an dem ich ihn vertreten sollte, kam ich

früher als gewöhnlich aus der Schule und nahm die Post aus dem Kasten, Reklame, die Gasrechnung und eine Ansichtskarte aus Hamburg, mit Bleistift beschrieben. Die Stempelmaschine hatte eine blauschwarze Schliere darüber gezogen; trotzdem erkannte ich die Handschrift sofort und zerriß die Karte ungelesen. Steckte die Fetzen aber ein.

Ich fuhr mit dem Bus zum Ledigenheim. Zwei große Schilder hingen an der Innentür, »Alkoholgenuß verboten!« und »Frauenbesuch auf den Zimmern nicht gestattet!«. Der Hausmeister gab mir einen Schlüsselbund und zeigte auf die wichtigen Schalter. Es roch seltsam in dem Gebäude, nach heißem Öl und fremden Gewürzen, aber auch nach Wäsche, die zu lange eingeweicht wird, und ich setzte mich in die Pförtnerloge, einen Glasverschlag mit ovaler, messingumrahmter Luke, und packte meine Bücher aus. An der Wand hing eine große Uhr, fast wie im Bahnhof, und auf dem Tisch lag nichts als ein Kugelschreiber, eine Liste mit wichtigen Telefonnummern und die Dienstmütze meines Vaters. Doch in dem Raum hinter dem Verschlag gab es eine schmale Liege und ein Regal mit Teegeschirr.

Die Mütze war mir natürlich zu weit, und ich legte sie auf das Telefon und las. Ich hatte den Hausmeister gefragt, wie ich mich mit den Ausländern unterhalten sollte; vielleicht brauchte jemand eine Information oder so, und ich konnte nur wenig Englisch ... Schon auf seinem Fahrrad, hatte er bloß die Brauen gerunzelt: »Wieso unterhalten?«

Und wirklich verschwanden die meisten Arbeiter, die nach und nach von den Baustellen kamen, wort- und grußlos in den Zimmern beiderseits der langen Flure. Viele schienen mich gar nicht zu bemerken; sie sahen müde aus, matt, und hatten Staub und Mörtelspritzer in den Haaren. Erst gegen acht, als ein Bus vor der Tür hielt und gut zwei Dutzend Männer hereinkamen, blieb einer vor meinem Kasten stehen, und ich öffnete die Luke.

»Wo ist Richard?«

Ein bulliger Mann mit kahlem Schädel, und er nahm das Streichholz, an dem er kaute, aus dem Mund. Mein Vater hieß Richard.

»Ich vertrete ihn«, sagte ich, und er nickte und kratzte sich den Bauch. Sein dunkelblauer Seefahrerpullover war rostverschmiert und an den Ärmeln voller Löcher. Auch die großen Hände waren braun, und er kam näher an die Scheibe und verengte die Augen. »Ich bin sein Sohn«, fügte ich hinzu.

Auf der Stirn war noch der Abdruck des Helmrands zu sehen, und er leckte sich die aufgesprungenen Lippen. »Richard hat einen Sohn? Verdammter Pfeffer! Ich dachte, der ist schwul. Hat er dir Geld gegeben?«

»Wer? Mein Vater?«

Der Mann sagte nichts, musterte mich nur durch das dicke, von senkrechten Drahtfäden durchzogene Glas, und ich sagte: »Ja doch. Sicher ...«

»Wieviel?«

Ich griff in meine Hemdtasche, zeigte ihm kurz den Zwanziger, und er verzog den Mund. »O Gott. Das reicht nichtmal fürs Tütenkino.« Er drehte sich um.

»He, du beknackter Sardinenfresser, tanz mal an hier! Was meinst du, wer das ist!«

Ein kleiner, fast zierlicher Mann, der eine blaue Schlosserkluft und eine Baskenmütze trug, stellte Taschen voller Lebensmittel in den Lift und kam auf uns zu. Er hatte dunkle Schatten unter den Augen.

»Nenn du mich Sardinenfresser! Du weißt nicht, was Kraft ist, ungebildete Null. Willst du Suppe? Mach ich dir eine aus Brettern und Nägeln!« Er sah mich an. »Guten Abend, junger Herr. Hat dieses Arschloch Sie belästigt?«

»Das ist dem Richard sein Sohn, verdammter Pfeffer!«

Er tippte sich an die Mütze. »Sehr erfreut. Cesário mein Name, Portugiese, zweiter Kranführer. Schwenkbereich A und B, steile Karriere. Ich koch Ihnen Sachen, da haben Sie Schlamm auf der Pfeife für drei. Außerdem hätten wir da noch eine kleine, aber wirklich scharfe ... Ich meine, kennen Sie dieses Lied, Lerchenzungen in Aspik?«

Mit zwei Fingern zog der andere an dem Nippel seiner Mütze. »Laß gut sein, Amigo, er hat kein Geld. Kriegen wir jetzt endlich was zu fressen?!«

Cesário lächelte traurig, fuhr sich durch die grauen Haare, und der Dicke trat so nah an meine Luke, daß ich seinen Fuselatem roch. »Hör zu, da kommt gleich ein bißchen Besuch, den läßt du hoch. Aber leise, ohne viel Geschnatter. Die schlanke Schwarze schickst du in den dritten. Die anderen können runter auf zwei. Schließ ab, wenn sie drin sind.« Drohend hob er einen Finger. »Und die Heizung bleibt an.«

Dann ging er zum Lift, wo der Portugiese auf ihn wartete, und ich sagte: »Moment, bitte.« Ich zeigte auf das

Schild. »Frauen ist der Zutritt eigentlich verboten. Ich darf sie nicht reinlassen ...«

Er nickte, griff in die Tasche. »Das ist richtig, little Richard. Frauen nicht.« Dann biß er in einen Apfel, das heißt, er fetzte die Hälfte davon ab, und Cesário sagte: »Damen schon.« Die Tür klappte zu.

Ich machte mir einen Tee und las weiter. Es war für die Schule, und ich fand Goethe ... naja. Nicht weil er schlecht war. Das nicht. Aber weil man ihn gut finden sollte. Wenn der Minutenzeiger über mir vorrückte, klang es, als würde eine kleine Blechschublade zugedrückt.

Um Punkt elf klingelte das Telefon. Die Echos schrillten durch die leeren Flure, und ich drehte das Radio, das ich im Schreibtisch entdeckt hatte, aus. Mein Vater hörte sich seltsam an, gelöst und heiter. »Alles in Ordnung?«

»Ja«, sagte ich. »Habt ihr gewonnen?«

Im Hintergrund Stimmen, Gelächter, klingende Gläser. Er stand wohl in der Festhalle, im Foyer. »Sicher«, sagte er. »In der Gunst des Publikums schon. Du mußt jetzt die Heizung ausstellen, ja? Den Hebel ganz nach links.«

»Ich weiß«, sagte ich. »Ist es kalt draußen?«

»Wieso? Keine Ahnung. Ich bin doch drinnen. Hast du mal einen Rundgang gemacht?«

»Nein. Sollte ich?«

»Ach wo. Die Kerle reißen doch nur blöde Witze. Laß dich nicht auf den Arm nehmen. Und wenn dich einer anpumpen will: Einfach ignorieren. Das siehst du nie wieder. Übrigens, weißt du was?« Er klang ein bißchen angeschickert, richtig redselig kam er mir vor. Schon als Kind war mir das peinlich gewesen.

»Ich hab heut zum ersten Mal wieder an damals gedacht. An deine Mutter. Ist doch komisch, oder? Plötzlich hatte ich den Geruch von ihrem Nagellackentferner in der Nase. Seit über einem Jahr zum ersten Mal. Mein lieber Mann ... Fehlt sie dir? Ich meine, ab und zu?«

»Mir? Weiß nicht.« Ich hörte Musik im Hintergrund, so eine Schunkelplatte, und drehte mir die Telefonschnur um die Hand. Das Gummi war klebrig. »Heute mittag hab ich auch an sie gedacht.«

»Du? Im Ernst?« Er trank einen Schluck. »Na, Mensch, was ist denn mit uns los? Das muß der Vollmond sein, oder?«

Ich sagte nichts, zuckte mit den Achseln, doch das konnte er natürlich nicht hören. Auf dem Fußboden lag ein Streichholz; es war auf einer Seite ganz zerkaut und sah wie ein Pinselchen aus. »Also, ab zwölf nur noch Sparstrom. Der rechte Knopf. Nach eins kannst du dich dann hinhauen. Aber laß die Kleider an.«

»Okay«, sagte ich, und er legte auf.

Es kamen noch ein paar Arbeiter, doch keine Frauen. Wahrscheinlich war das ein Witz gewesen. Der letzte Linienbus wendete um elf Uhr dreißig vor dem Heim, und kurz danach drehte ich die Heizung ab und machte mir noch einmal Tee. Im Haus war es ruhig. Auch das Gluckern und Rauschen in den Wandrohren verstummte nach und nach, und in dem langen Flur, den ich vor Augen hatte, brannten nur zwei Notlichter.

Doch plötzlich klopfte jemand, es klang nach Metall auf Glas, und ich dachte an Ringe, an den Schmuck meiner Mutter. So hatte es geklungen, wenn sie mir durch das Küchenfenster hindurch zu verstehen gab, daß ich heraufkommen sollte. Ich stellte den Kocher aus, blickte um die Ecke. Es war ein schnauzbärtiger Mann in einem Kittel, grün, und als ich die Tür öffnete, zog er eine Sackkarre voller Kartons über die Schwelle.

»Wo ist Richard?«

»Nicht da«, sagte ich. »Bin die Vertretung.«

»Ah, gut. Pack an.«

Er nahm eine Kiste vom Stapel, ging damit durch die Pförtnerloge in den Ruheraum und schob sie unter die Pritsche. Ich reichte ihm die anderen. Es klimperte, sie waren voller Flaschen, und er wischte sich die Stirn mit dem Ärmel ab und legte einen Zettel auf den Tisch.

»Du schreib hier.«

»Unterschreiben? Ich?«

»Wer sonst? Bis du nicht Vertretung? Was bist du? Also schreib Richard. Mach!«

Ich kritzelte etwas unter die Zahlen auf dem Blatt, und er steckte es ein und machte eine Kopfbewegung Richtung Flur. Als er lächelte, konnte ich eine Reihe Goldzähne sehen. »Und? Hühnerchen alle da? Ficki, ficki?«

»Weiß nicht«, sagte ich, nahm eine von den Attikas, die er mir anbot, und brachte ihn hinaus.

Vor der Tür stand ein Kombi mit laufendem Motor, und der Mann verstaute die Sackkarre und schlug mir auf die Schulter. Dicke Ringe blitzten an den Fingern. »Mach Grüße für Richard, ja? Sag, gestern ich war krank. Alles wie Feuer! Verbrecher, die.« Und er stieg ins Auto und fuhr davon.

Ich rauchte die Zigarette im Freien und schloß dann ab.

Um kurz nach eins legte ich mich hin, konnte aber nicht schlafen. Der Gedanke, etwas unterschrieben zu haben, was meinem Vater nicht recht sein könnte, ließ mir keine Ruhe. Die Kartons waren zugeklebt und nicht beschriftet, und ich suchte im Telefonbuch nach der Nummer der Festhalle. Irgendwo im Haus spielte jemand Mundharmonika, ein paar Takte nur, und als das Freizeichen ertönte, stellte ich mir vor, daß man meinen Vater ausrief in dem großen Raum, dachte an seinen roten Kopf, und wie er sich am Stock durch die Reihen der festlich Gekleideten zum Telefon quälte. Ich legte wieder auf.

»Für diesen Gang«, sagte jemand im Traum, »gibt es auf der ganzen Erde keinen Weg«, und als ich die Augen öffnete – ich hatte mir die Hände unter den Gürtel geklemmt, damit die Arme nicht von der Liege rutschten –, war ich nicht mehr allein in dem Kabuff. Drei Männer, ihre Silhouetten, verstellten das Notlicht, und einer hatte wohl gepfiffen oder mit den Fingern geschnippt. Ich schnellte hoch, tastete nach der Wandlampe, patschte aber nur auf der Tapete herum. Cesário knipste sie an.

Er trug einen dunklen Anzug mit eingewebten Silberfäden, und der Glatzkopf hatte polierte Halbschuhe, eine Cordhose und einen cremefarbenen Pullover an. Er rauchte, obwohl das auf dem Flur verboten war, und auch der Mann, der neben den beiden stand, hielt eine Zigarre zwischen den Fingern. Er war klein und dunkelhaarig und trug Jeans und einen schwarzen Nicki. Die Ärmel waren hochgeschoben.

»Hast du die Frauen weggeschickt?« fragte der Dicke.

Er hatte sich am Hals geschnitten und roch nach Pitralon. Mit einem Griff nahm er den kleinen Bücherstapel vom Tisch, fast alles Reclam-Hefte, betrachtete kurz die Umschläge und ließ eines nach dem anderen durch den Raum flattern, in den Flur. Ich schüttelte den Kopf.

»Eins Neunzig ist ungenießbar, wenn er sein Geflügel nicht kriegt«, sagte der Portugiese und sah mich freundlich an. »Er wird zum Vieh!«

Ich stopfte mir das Hemd richtig in die Hose. »Ich habe niemanden weggeschickt. Es war keiner da.«

Cesário nickte. »Das will ich dir schon glauben. Du bist ein kultivierter Mensch, wirst uns nicht belügen. Aber wieso läßt du uns dann frieren? Hat man dir nicht zu verstehen gegeben, daß die Heizung heute ...«

»Um elf!« sagte ich und zeigte auf die Uhr. »Mein Vater hat ausdrücklich noch einmal ...«

»Dein Vater, dein Vater!« knurrte der Dicke. »Weiß du, was dein Vater ist?«

Der Mann in dem Nicki verschränkte die Arme. Sie waren stark behaart, und auch aus dem runden Kragen wuchsen ihm Borsten ein Stück weit die Kehle hinauf. Er war einer der Typen, die Goldkettchen tragen und sich für ziemlich unwiderstehlich halten, jedenfalls auf den ersten Blick. Aber er trug keins, weder am Hals noch am Handgelenk. Nur eine rechteckige Uhr mit Lederarmband. »Dein Vater war Vorabeiter, stimmts?«

»Nein«, sagte ich. »Er war Polier.«

»Oberpolier«, sagte der Portugiese.

»Ein richtiger Sauhund!« bellte der Dicke. »Alle hatten Angst vor dem. Wie der gebrüllt hat, als wäre man Dreck. So einen Leuteschinder findest du in deinem ganzen Literabums nicht. Wurde immer schlimmer. Und jetzt, verdammter Pfeffer?! Jetzt sag ich: Du Knickebein, was soll denn das?! Wieso liegt kein Papier auf dem Klo? Herr Oberpolier, he, Oberpolier ...«

»... hol mal Scheißhauspapier!« sang Cesário, und der Dicke stutzte. Dann lachte er so, daß ich zusammenzuckte. Es war wie ein Krachen im Kehlkopf, Speicheltröpfchen spritzten herum, und auch der Mann in dem Nicki grinste. Er schüttelte den Kopf.

»Du sagst also, es war niemand da?«

Seine Stimme gefiel mir, sie war ein Raum für sich, und ich nickte. Er fuhr sich mit beiden Händen durch die Haare, tiefschwarze Haare, die seine blauen Augen sehr hell aussehen ließen. Dann ging er zur Liege und trat gegen die Kartons darunter. »Und was ist das?«

Nun schauten mich alle an. Zu eng für vier Leute war es in dem Kabuff, zu stickig von dem Rauch, mir wurde warm, und ich sagte: »Weiß nicht. Keine Ahnung. Putzmittel wohl.«

»Oh ja? Das ist gut«, sagte der Mann. Er bückte sich, riß einen Karton auf und zog eine Flasche daraus hervor. »Dann werden wir jetzt mal aufwischen, was?«

Es war Whisky, eine Literflasche, und sie schickten mich in den Waschraum am Ende des Flurs, Zahnputzgläser holen. Ich konnte damals nicht viel vertragen, am wenigsten Schnaps. Ich mochte ihn nicht einmal riechen. Aber die drei duldeten nicht, daß ich auch nur eine Runde auslief. Ich selbst hatte die Gläser zu füllen.

Ich saß auf dem Schreibtisch, Cesário und Eins Neunzig hockten auf dem Bett, und der Mann in dem Nicki, der übrigens Laszig hieß, setzte sich auf meinen Stuhl und zog ein Spiel Karten unter der Matratze hervor. Wir pokerten um Streichhölzer, und nach dem zweiten Glas schon hatte ich Mühe mit den Regeln.

Cesário mischte neu, und Laszig sah mich an, nicht unfreundlich. Er hatte irgendwelche Erfahrungen gemacht, um die ich ihn beneidete. Keine Ahnung, welche das gewesen sein mochten; aber ich beneidete ihn darum. »Du hast ein gutes Gesicht«, sagte er. »Willst du in einem Film mitspielen?« Und als ich mit den Schultern zuckte: »Mußt aber einen langen Riemen haben.«

Ich grinste, drehte das Glas zwischen den Fingern. »Danke«, sagte ich. »Keine Zeit.« Wenn ich aufsah, fanden die Dinge immer erst einen Augenblick später in ihre Konturen, und ich dachte an das Lied mit dem komischen Titel. »Habt ihr denn Frauen dazu?«

»Die sind das kleinste Problem«, sagte Cesário und teilte die Karten aus. Laszig zog seine Börse aus der Tasche und fingerte einen Zettel zwischen den Geldscheinen hervor. Nur eine Nummer stand darauf, mit Bleistift geschrieben.

»Ruf da an, falls du es dir anders überlegst.«

Er ließ das Portemonnaie auf dem Tisch liegen, und ich steckte den Zettel ein und fächerte mein Blatt auf, wobei mir drei Karten aus der Hand rutschten. Als ich sie wieder zusammen hatte, fiel mir partout nicht mehr ein, was eine Straße von einem Full House unterschied. Die anderen brüllten sich an, und das war der Grund, warum ich keine Spiele mochte. Ob »Mensch ärgere dich nicht« oder Skat oder Fußball, irgendwann brüllte man sich immer an. Ich lehnte mich gegen die Glasscheibe, ein angenehm kühles Gefühl im Rücken, und schien völlig wach und klar zu sein. Trotzdem konnte ich keinen Gedanken zu Ende denken. Lerchenzungen in *Aspik*?

Ich schloß die Augen. Als ich sie wieder öffnete, trug Eins Neunzig die Dienstmütze. Sie war ihm viel zu klein, und ich sagte: »He, der Schirm gehört nach vorn.« Aber das schien niemand zu hören. Laszigs Börse, prall gefüllt, lag immer noch auf dem Tisch. Ich streckte den Arm danach aus, klappte sie auf, hielt sie mir nah vors Gesicht. »Mein Gott«, murmelte ich. »Wun-der-schön!«

Er drehte sich um. Die Frau auf dem Foto trug ein tief dekolletiertes Kleid, nachtblau, und sie strahlte in die Kamera. Makellos die Zähne, die Haare rotblond, und sie hatte sich mehrere Perlenketten wie eine Boxerbandage um die linke Faust gewickelt. »Was muß das für ein Gefühl sein, so eine Frau zu umarmen.«

Das ging mir wie Wasser über die Lippen, ich konnte nichts dagegen tun, und Laszig nickte. »Tja, schön ist sie«, sagte er. »Weiß Gott. Und im Bett eine Gnade. Aber merk dir eins, mein Junge ...« Er nahm mir das Portemonnaie weg, klappte es zu. »Eine schöne Frau hast du nie für dich allein.«

Dann schmiß er die Karten hin, goß noch einmal die Gläser voll und sagte: »So. Und jetzt fahren wir in die Gurke.«

Alle sahen mich an. Ihr Grinsen schien den Raum in die Länge zu ziehen. Der Fußboden, braunes Linoleum, glänzte wie Glas, das Notlicht oben flackerte tief unter uns, und wir stießen noch einmal an, kippten das Zeug auf ex. Dann brachte ich die drei zur Tür, und ich glaube, sie stützten mich ein bißchen. Ich schloß auf, salutierte, gab ihnen wohl auch die Hand. Jedenfalls wurde meine von Cesário geküßt, wobei er sich graziös verneigte, und Eins Neunzig ließ sie dann nicht mehr los, so sehr ich mich auch sträubte – bis ich in einem Blechverschlag saß, in dem es nach feuchten Polstern roch, nach Gemeinheit und Diesel. Und Laszig gab Gas.

Ich rappelte an der Tür, brach den Knopf der Verriegelung ab, rief etwas wie »Dienst, verfluchter Pfeffer! Ich hab Dienst!« Doch Eins Neunzig legte mir eine Pranke auf die Brust, drückte mich in den Sitz, und wir fuhren so schnell durch die Kurven – Fliehkraft zog mir den Kopf in den Nacken und machte es unmöglich, die Augen ganz zu schließen. Das war jedenfalls mein Eindruck.

Dann sah ich uns am Straßenrand. Gefrorenes, von Rauhreif überzogenes Gras glitzerte im Scheinwerferlicht, und die drei rieben und wischten an mir herum. Die Tücher rochen gut, Cesário, der irgendwo im Dunkeln stehen mußte mit einer Box, reichte eins nach dem anderen in den Lichtkegel hinein, und der Dicke knurrte: »Menschenskind, ich dachte, wir gehn ficken! Und jetzt muß ich hier Windeln wechseln?« Sogar meine Schuhe putzte er ab. Auch im Auto lag noch etwas, ich wischte es mit der Handkante vom Sitz und entschuldigte mich wieder. Ich konnte nun mal keinen Schnaps vertragen.

Schließlich standen wir vor einem Bretterzaun, der bekritzelt war mit obszönem Zeugs. Doch mitten darin eine Kinderzeichnung, ein Vogel ohne Schnabel, und Laszig, der nun die Dienstmütze trug, steckte mir zwei Geldscheine ins Hemd, zwei blaue. Hinter dem Zaun befand sich eine Straße, eine schlecht beleuchtete Sackgasse, in der Männer auf und ab gingen vor einer Reihe kleiner Häuser. Viele Männer, und wir waren die einzigen, die keine Mäntel oder Parkas trugen. Doch fror ich nicht.

Cesário reichte mir die Flasche, hakte sich bei mir ein. Ganz sanft machte er das. »Du solltest zu Lisa gehen«, sagte er. »Wenn du noch nie gepimpert hast, ist Lisa genau richtig.« Er zeigte auf ein Rundbogenfenster, hinter dem ein rotes Neonlicht brannte. Doch die Vorhänge waren geschlossen.

»Hat Kundschaft«, sagte Laszig. »Wir bringen ihn zu Nadine.«

Es fing an zu schneien, doch die Flocken zergingen auf dem Pflaster, und Cesário blieb stehen. »Spinnst du! Nadine. Die versaut ihn fürs Leben.«

»Ach was.« Eins Neunzig trank die Flasche leer. »Ein bißchen zwiebeln muß es schon.«

Er warf sie weg, das heißt, er schmiß sie über eine Blechwand voller Rostlöcher, aus denen es dampfte. Ein beißender Geruch stieg mir in die Nase, und ich wartete auf das Klirren. Es kam aber nicht, und ich murmelte: »Moment! Wer hat denn jetzt überhaupt gesagt, daß ich noch nie im Leben ...«

Jemand schlug mir auf die Schulter, und ich drehte mich um – wahrscheinlich zu schnell. Ich rutschte am Randstein ab und hielt mich, um nicht zu stürzen, am nächstbesten Mantel fest. Ein Knopf hüpfte über das Pflaster, und dann waren nur noch Mäntel um mich herum. Die feuchten Stoffe rochen wie verschmorte Kabel, und ich kniete auf dem Boden und hielt eine Brille in der Hand. Sie war aus Horn, hatte breite, kunstvoll durchbrochene Bügel, ein kleines Gitterwerk, und ich wunderte mich kaum, da hörte ich das Klirren, auf das ich die ganze Zeit – und plötzlich schien mir: den ganzen Tag, die letzten Jahre – gewartet hatte. Eine Frau kreischte mit einer Stimme aus Glas, Scherben flitzten über das Pflaster, rote Lichtsplitter, und ich kam auf die Füße in dem Gewühl und drückte mich in eine Nische zwischen Bretterzaun und Pissoir.

»Halt ihn fest, Eisenwichser! Halt ihn fest!« hörte ich Eins Neunzig brüllen, und das Geflacker aus Schatten und Gestalten vor meinen Augen machte mich schwindelig. Immer mehr Schnee fiel, blieb jetzt auch liegen, wurde aber sofort matschig, wenn jemand darauftrat. Ich kriegte einen Schlick.

Frauen in Morgenmänteln beugten sich aus den Fenstern, schrien und zeterten, eine warf sogar ein Buch. Ich hörte fremde Sprachen, südliche Stimmen, ein winziges Kläffen, und fast schon begann ich den Pissegeruch zu mögen; er reinigte den Kopf. Doch als ich mich fragte, mit welchem Auto wir gekommen waren, welche Farbe es hatte, konnte ich mich nicht erinnern.

Auch hinter dem Fenster, das Cesário mir gezeigt hatte, wurden die Vorhänge aufgezogen, und eine Frau in weißen Dessous öffnete einen Flügel und beugte sich heraus, um zu sehen, was vorging in der Straße. Sie war so schön – unter dem Rundbogen erschien sie mir engelhaft, und einen Herzschlag lang dachte ich, es wäre die, von der Laszig ein Foto bei sich trug. Aber ich täuschte mich wohl.

Eine Blonde zwar, und ihre schwungvolle Frisur glänzte von dem Spray. Aber sie hatte andere Zähne. Sie sprach über die Schulter mit ihrem Kunden, einem älteren Mann, der im Hintergrund des rot ausgeleuchteten Zimmers stand und sich den Schlips band. Er machte das vor einem Spiegel, und ich konnte ihren Rücken darin erkennen, eine winzige Tätowierung.

Die Prügelei war noch nicht zu Ende, im Gegenteil; immer mehr schienen sich daran zu beteiligen. Doch es sah unwirklich aus. Die Flocken fielen schneller als die Geschlagenen stürzten, und deren Aufprall machte kaum ein Geräusch.

Mir wurde kühl. Ich hängte die Brille an einem Bügel über die Pissoirwand und knöpfte mir das Hemd zu. Auch die Frau schien zu frösteln, ich glaubte Gänsehaut auf ihren Brüsten zu erkennen. Doch sie lächelte, kraulte mit ihren langen, makellos lackierten Nägeln in dem Schnee auf der Fensterbank, und der Kunde schlüpfte in sein Sakko, glättete sich das Haar.

Er griff nach dem Gehstock, der am Waschbecken hing, und humpelte ans Fenster mit diesem Gang, bei dem der Oberkörper weit zur Seite schwang, blickte mit ihr hinaus. Sie zeigte auf jemanden in dem Getümmel, und er legte der Frau eine Hand auf die Hüfte, hielt sich fest, wo der Slip am schmalsten war, und machte wohl eine Bemerkung. Jedenfalls lachte sie auf. Gut sah er aus, entspannt und gütig, wie früher, und sie drehte sich ihm zu, richtete seine Krawatte. Etwas größer als mein Vater, ging sie dabei leicht in die Knie. Doch plötzlich stutzte er, verengte die Augen und starrte auf etwas, das im Rinnstein lag, aus meinem Blickwinkel aber nicht zu erkennen war, und ich schlüpfte durch den Eingang, die Bretterwand, hinaus.

Fast eine Stunde lang lief ich zum Bahnhof. Ich hielt die Luft an und aß Hände voll Schnee, doch der Schluckauf war nicht wegzukriegen. Lange studierte ich den Fahrplan eines Busses, wurde aber kaum schlau daraus. Ich zitterte, es machte mir Mühe, die winzigen Zahlenreihen mit dem Blick zu verfolgen; und wenn es ein Stück weit gelang, rempelte der nächste Schlick mich aus der Zeile. Schließlich sagte mir ein Dienstmann, daß kein Bus mehr fuhr, und ich kramte nach dem Geld, das Laszig mir zugesteckt hatte.

Ich fand es zusammen mit den Fetzen der Karte aus Hamburg. Am Taxistand kein Wagen, und ich setzte mich in einen Imbiß-Container und bestellte Kaffee. Als ich Zigaretten verlangte, wollte der Pächter meinen Ausweis sehen. Ich hatte ihn nicht dabei. Der Plastikbecher war so heiß, daß man ihn nicht anfassen konnte, und ich versuchte, die Schnipsel auf der Tischplatte zusammenzulegen. Aber das war irgendwie nicht möglich. Vielleicht fehlte ein Teil, vielleicht war ich zu betrunken. Ich kriegte sie einfach nicht zusammen.

Strange Little Girl

Beim Umzug entdeckte ich die gesprungene Hülle hinter den Boxen. »The Stranglers, live«, ein Geschenk von Elli, irgendwann in den Achtzigern. Doch sie war leer, und ich schmiß sie weg. Dann fand ich die CD in einer anderen Hülle, legte sie auf und staunte, wie gut sie war. Jedes Stück ging mir unter die Haut, fast jedes. Und wer kennt heute noch die Stranglers.

Ich lebte damals in Heidelberg; ich weiß nicht mehr, warum. Wahrscheinlich, weil ich die Stadt davor satt hatte. Heidelberg war okay und der Job an der Uniklinik nicht besser oder schlechter als anderswo. Ich wohnte an den Neckarwiesen und hatte außer Richard kaum Freunde. Die weiblichen Arbeitskollegen meines Alters waren mit ihren Familien beschäftigt, und zu den männlichen hielt ich Abstand. Es läuft ja doch immer aufs selbe hinaus. Ich habe da eine Philosophie des ersten Blicks: Achte darauf, wohin ein Mann zuerst schaut, und du weißt, wie der Hase läuft. Ich jedenfalls habe noch keinen getroffen, und schon gar keinen Arzt, der mir zuerst in die Augen gesehen hat. Naja, Richard vielleicht. Aber der ist Mathematiker.

An einem Nachmittag im Sommer, es war im August, rief mich unsere Stationsschwester ans Telefon. Ich kriegte einen Schreck, dachte an meine Mutter, Diabetes mellitus – aber dann war es eine Stimme, die mein Herz hüpfen ließ. »Hey!« rief ich. »Das kann doch nicht wahr sein! Wo bist du?«

Elli war in Berlin und hörte sich an, als hätte sie die ganze Nacht durchgezaubert. Dabei war es fast vier.

»Bist du erkältet?« fragte ich.

»Was? Wieso soll ich denn erkältet sein? Ich hab doch Urlaub!« Typisch Elli. Und dann kam die Überraschung: Sie wollte mich besuchen, schon am nächsten Tag. Ob mir das recht wäre.

»Frag nicht so blöd!« sagte ich. »Kommt Olaf mit?«

»Um Gottes willen! Von dem will ich mich erholen.«

Elli und ich stammen aus derselben Stadt in der Pfalz; wir haben beide in München gelernt und auch eine Zeitlang zusammen gewohnt, im Schwesternheim in der Landshuter Straße. Das ist ein konfessionelles Haus, und Männerbesuch war natürlich verboten. Aber Elli schaffte es immer wieder, einen Kerl mit hoch zu schmuggeln. Damals war man ja noch bedenkenloser. Wir hatten dauernd Blasenentzündung.

Wenn man mit Elli ausging, blieb man nie lange allein. Nicht, daß sie besonders attraktiv gewesen wäre. Sie war klein und schlank, fast dünn, und hatte so viele Sommersprossen, daß es verboten aussah. Bei Sonne schienen sie zusammenzuklumpen in ihrem Gesicht. Die winzigen Brüste standen weit auseinander, ihr Po war ein bißchen eingefallen; nicht unbedingt eine Hosenfigur. Doch sie joggte gern, schon damals, hatte sehr schöne, muskulöse Beine, elegante Hände und eine Lockenmähne ... Wenn sie ein Lokal betrat und die Haare zurückwarf, verstummten die Gespräche.

»Welche Farbe hast du eigentlich genau?« fragte ich sie einmal, denn da war immer eine Tönung drin. Und sie lächelte mit ihrem herrlichen Mund und sagte: »Straßenköter.«

Sie wollte mit dem Zug kommen, und an dem Tag ging es gerade rund bei uns. »Linksherzkathetermeßplatz« konnte ich rückwärts buchstabieren. So kam ich zu spät in die Bahnhofshalle. Elli saß auf einer Bank, und als sie mich sah, reichte sie dem Soldaten, der vor ihr auf einem Seesack hockte, ihre Zigarette. Sie kreischte leise, umarmte mich und gab mir einen Kuß aufs Ohr.

Ich fuhr aus der Stadt heraus, zu einem Lokal, in dem es schon Zwiebelkuchen und Federweißen gab, und Elli plapperte ununterbrochen, auch beim Essen. Sie erzählte von ihrem neuen Job in dem Behindertencafé, von Olaf und seiner Gynäkologen-Karriere, von Berlin, wo es richtig toll sei, und daß der Soldat sie nach Montana eingeladen habe. Wenn sie redete und lachte, kümmerte es sie kaum, daß immer was zwischen ihren großen, ziemlich schiefen Zähnen klebte. Man konnte darauf warten, daß ihr der Salat über den Tellerrand rutschte oder etwas von der Gabel, mit der sie gestikulierte, in das Weinglas plumpste. Und auch von dem Nachtisch, Zitronencreme, hing ihr dauernd ein Tropfen an der Lippe. *Ihr* hing er an der Lippe, und ich wischte mir den Mund. Wie früher.

Wir tranken diesen Federweißen ohne Bremse und waren beim Espresso fast bedüdelt, als sie fragte: »Und du? Wie geht es *dir*? Hast du einen Freund?«

Ich rührte mir Zucker in den Kaffee. »Doch. So kann man es nennen.«

41

Gleich wurden ihre Augen groß und die Stimme verschwörerisch leise. »Und? Wie ist er? Stark und hübsch? So hübsch wie du?«

Ich lachte. »Wie mans nimmt. Er ist fast doppelt so alt wie ich.«

Sie hielt sich beide Hände vor den Mund. »O Gott. Und mal wieder verheiratet.«

Ich nickte.

»Kinder?«

Ich nickte.

»Hm ... Hat er Geld?«

»Wieso?«

»Ach, nur so. Entschuldige. Ich dachte da wohl eher an mich.« Sie kicherte. »An meinen Hang zu italienischen Schuhen ...« Dann legte sie mir eine Hand auf den Unterarm und sagte noch einmal: »Sei nicht böse, ja?«

Ich schüttelte den Kopf, umfaßte ihre Finger: »Hab ich dir nicht schon zigmal gesagt, daß man die Nagelhaut über den Monden zurückschiebt?«

Wir lachten, und sie fragte: »Liebst du ihn? Ist er einfühlsam?«

»Oh, ich denke schon. Ich mag seine Stimme, er liest mir oft vor, Hamsun, Rilke. Er ist Mathematiker an der Uni, aber er liebt Rilke. Seltsam, oder?« Sie nickte nur, es sah abwartend aus, vorsichtig. Vermutlich hatte sie noch nie etwas von Rilke gehört. »Und bei euch?« fragte ich. »Immer noch die große Leidenschaft?«

Erleichtert winkte sie ab. »I wo! Es ist ein einziges Hauen und Stechen. Ich weiß auch gar nicht mehr, was ich von ihm halten soll. So ein Klotz. Baut sich vor mir

auf, zeigt mir seine Pranken und sagt: 75 B! Verstehst
du? Als ob ich was dafür könnte, daß ich so kleine Brüste hab. Aber naja ... Er liebt mich, und das ist erstmal
ganz angenehm.« Sie grinste. »Das kommt mir sehr entgegen.«

»Du meinst, deinem Hang zu italienischen Schuhen«,
sagte ich, und wieder lachten wir los. Mit Elli hatte man
immer gute Laune.

Nach Hause fuhr ich über Waldstraßen, und als ich den
Wagen vor der Tür parkte, erschien das Gesicht von
Frau Lambertz, meiner Vermieterin, im Gardinenspalt.
Sie runzelte die Stirn, machte mir ein Zeichen mit zwei
Fingern. »Was möchte sie?« fragte Elli, und ich sagte:
»Du mußt nicht flüstern. Ich soll ein Stück vorfahren,
wegen der Müllkutscher morgen.«

Es war unglaublich warm in der Mansarde. Die Holz-
verschalung knackte vor Hitze. Wir beschlossen, eine
Stunde zu schlafen, und ich duschte und zog mir einen
Jogging-Anzug an. Auch Elli duschte und kam dann
in mein Bett. Sie trug nur einen Slip, und es war wie
in der Landshuter Straße. Sie kuschelte sich an mich,
ließ so ein silbernes Seufzen hören und war auch schon
weg.

Ich legte eine Hand auf ihren Rücken. Die Sommersprossen auf den Schultern sahen wie kleine Galaxien
aus. Ich dachte an Richard und daran, daß wir kaum
miteinander schliefen, eigentlich nie. Es fehlte mir auch
nicht. Es war einfach nur gut, sich in Reichweite seiner
Stimme zu bewegen; man kommt leichter mit seinem
Leben überein, wenn ein Mann im Raum ist. Und ich
stellte mir vor, daß ich zum Jahresende kündigen und in

eine andere Stadt ziehen könnte, vielleicht sogar nach Berlin. Dann schmiegte ich mich an Elli und schlief ebenfalls ein.

Als wir aufwachten, blähte lauer Wind die Vorhänge, und wir aßen einen Krabbensalat direkt aus der Plastikdose, tranken Apfelschorle und probierten Sachen an. Wir wollten bummeln und später vielleicht in eine Diskothek; ich brachte noch rasch den Müll nach hinten. Frau Lambertz öffnete das Fenster.

»Schwester Constanze?« Die Anrede war ihr nicht abzugewöhnen, nicht einmal wenn ich im Bikini auf dem Rasen lag. »Haben Sie Besuch?«

Ich nickte. »Eine Freundin. Aus Berlin.«

Sie sah alarmiert aus, zog die Brauen zusammen.

»Ärztin«, log ich. »Bleibt ein paar Tage.«

»Oh! Und welches Fachgebiet?«

»Frauenleiden«, sagte ich, und sie zupfte an der Gardine, machte ihren kümmerlichen Mund.

»Ach Gott. Die hab ich ja nun nicht mehr ...«

In der Stadt kauften wir uns ein Eis und spazierten eingehakt von Schaufenster zu Schaufenster. Vor der Auslage eines Antiquariats blieb ich länger stehen, und Elli verschwand in einem Trödelladen auf der anderen Straßenseite, kam aber gleich wieder heraus. »Blöder Knacker«, murmelte sie, und dann zog sie mich in ein Geschäft für Schreibwaren und Künstlerbedarf, wo sie einen Satz vergoldeter Federn, einen Halter aus Rosenholz, handgeschöpftes Büttenpapier und ein Kristallglas voll chinesischer Tusche kaufte. Sie ließ sich alles einpacken. Der Preis war unglaublich. »Donnerwetter!« sagte ich. »Dafür, daß du auch in Zukunft nicht

44

auf meine Briefe antworten wirst, bist du luxuriös ausgerüstet.«

Doch sie lächelte nur. »Erklär ich dir später.«

Wir gingen eine Pizza essen, und Elli erzählte ein bißchen von ihrer Arbeit und der Situation in der Wohngemeinschaft in Berlin. »Naja, Wohngemeinschaft, das hört sich so studentisch verlottert an. Aber wenn ich dir sage, was wir Miete zahlen … Riesengroße Zimmer mit Emporen, zwei Bäder, Dachterrasse, Fußbodenheizung. Wirklich schön.«

»Und Olaf?« sagte ich.

Sie verzog das Gesicht. »Olaf hat Husten. Frag mich doch nicht immer nach dem! Es geht schon. Er hat was, das ich brauche, und ich hab was, das er braucht, fertig. Obwohl … Naja, er ist schon ein Vieh. Manchmal komm ich mir wie sein Spucknapf vor. Und weißt du, was er neulich gesagt hat? – Wenn ich mit dir ausgehe, lerne ich die besten Frauen kennen. – Das denk dir mal!«

Ich wischte ihr etwas Käse vom Kinn. »Was heißt das?«

»Na, was schon! Den Mops mit Glatze, meinst du, den würde jemand beachten ohne Garnierung?«

»Und die Garnierung bist du?«

»Genau. Ich bin die Petersilie.«

»Das scharfe Radieschen!« verbesserte ich, und sie lächelte traurig. Ich langte über den Tisch, streichelte ihren Unterarm. Die Haut war etwas zum Verrücktwerden; jedenfalls für Männer. Elli hatte die ganze Serviette in ihrer kleinen Faust zusammengepreßt. Die Augen wurden feucht.

»Es tut mir so gut, bei dir zu sein«, flüsterte sie. »Ich weiß oft gar nicht mehr, wo mir der Kopf steht. Sollte mir wirklich einen Satz Freundinnen zulegen in diesem Berlin.« Sie putzte sich die Nase – so laut, daß ich ein Grinsen unterdrücken mußte. Dann kramte sie nach ihren Zigaretten. »Aber jetzt haben wir genug von mir gequasselt, oder? Erzähl mal von dir. Ich will alles wissen. Ganz genau. Wann hattest du deinen letzten Eisprung, was verstehst du unter Liebe ... Na los!«

»O Gott!« murmelte ich, und sie prustete in ihr Glas hinein. Dann stahl sie ein Stück Salami von meiner Pizza und rutschte vergnügt auf der Bank herum.

»Also gut, du hattest deine Chance. Dann erzähl ich dir jetzt, was Liebe ist. Ich meine, wie weißt du eigentlich, daß ein Mann für alle Zeit der richtige ist? Feuchte Hände? Schmetterlinge im Bauch? Feuer im Bett?« Sie schüttelte ihre Locken. »Alles Mist. Das kann auch am Frühling liegen. Oder am Sekt. – Aber wenn du ihn anschaust, wenn du in sein schönes Gesicht siehst und denkst, nein, fühlst: Das ist er. Von dem will ich alles. So sollen meine Kinder einmal aussehen ...«

»Na, der muß mir erst noch begegnen«, sagte ich, und sie riß die Augen weit auf.

»Echt wahr? Das stimmt nicht. Das nehme ich dir nicht ab. Hast du noch nie ein Kind von einem Mann gewollt?«

»Nicht, daß ich wüßte.«

»Auch nicht von deiner ersten großen Liebe? Von diesem Reitlehrer, oder was der war?«

»Nein! Der doch nicht. Der hat mich nur defloriert. Meine erste *Liebe*, das war ein anderer, ein süßer Junge. Aber davon habe ich dir erzählt, oder?«

Sie schien zu grübeln, und ich sagte: »Doch. Wir waren beide fünfzehn, und er kam aus diesem Dorf bei Landau, hab den Namen vergessen. Er hatte so was Spanisches, Stolzes mit seinen schwarzen Haaren. Ein tolles Profil. Und gleichzeitig war er ganz sanft.«

»Und ihr habt nicht gebumst?«

»Ach wo, wir haben uns nur geküßt und so. Ich wollte noch nicht. Ich hatte mir vorgenommen, mit zwanzig zum ersten Mal ... Weiß auch nicht, warum.«

»Wie? Das hat der mitgemacht? Jahrelang Händchenhalten?«

»Das hätte er mitgemacht, sicher. Er liebte mich doch. Wir waren auf Schritt und Tritt zusammen. Obwohl seine Eltern es ihm verboten hatten. Ich kam denen irgendwie nicht recht. Er war nämlich Trompeter im Heimatverein, ein richtiges Talent, sollte später ins Musikcorps der Bundeswehr. Und meinetwegen ließ er manche Probe sausen ... Stell dir vor, einmal sperrten sie ihn ein mit seinen Noten, kurz vor einer geplanten Fahrradtour. Ich kam um die Ecke geklingelt; vor seinem Elternhaus wurde die Straße geteert. Er sah mich, riß das Fenster auf und sprang raus. War nicht hoch. Die Trompete hatte er sich unter den Arm geklemmt. Er stieg auf sein Rad, schmetterte ein Signal, so einen funkelnden Triumph: Da kommt der Alte aus dem Garten und flucht und hält ihn am Gepäckträger fest. Dann beschimpft er mich, Hure und alles – und plötzlich nimmt der Sohn das Instrument und schleudert es weit weg, direkt vor die Walze.«

Elli wollte mir noch Wein einschenken, doch ich hielt die Hand übers Glas. »Eine plattgewalzte Trompete im Teer, das war meine erste Liebe.«

»O Gott!« sagte sie. »Das hast du mir noch nie erzählt.«

»Aber sicher. Drei- oder viermal.«

»Nein! Dann wüßte ich doch, wie es ausging, oder? Wie gings aus?«

»Er ist tödlich verunglückt«, sagte ich. »Beim Militär. In der Grundausbildung. Aber auch das hab ich dir erzählt.«

Sie schüttelte den Kopf, hielt sich eine Hand vor den Mund. Wieder wurden ihre Augen feucht, und dafür liebte ich sie plötzlich. Der Kaffee kam, und der Kellner gab Elli Feuer. Er machte es mit großer Geste, ein perfekter Operetten-Italiener, und schon lächelte sie wieder. »Und du hast wirklich bis zwanzig gewartet?«

Ich nickte. »An meinem Geburtstag, genau eine Stunde nach Mitternacht ... Und ich tats in Gedanken mit meinem Trompeter. War doch nett von mir, oder?« Aber plötzlich fielen die Groschen. »He! Wieso fragst du mich eigentlich danach? Was soll dieses Gezwitscher von Liebe und so? Gehe ich etwa recht in der Annahme, daß klein Elli ...«

Sie lachte breit und zeigte allen die Pizzareste zwischen ihren Zähnen. Gleichzeitig wurde sie rot. »Nein, nein!« Rasch zog sie an ihrer Zigarette, blies den Rauch zur Lampe hoch. »Komm, laß uns gehen. Erklär ich dir später.«

Ich zahlte an der Kasse. Elli, meine Jacke über dem Arm, wartete vor der Tür. Es war eine leichte Leinenjacke mit ovalen Perlmuttknöpfen, und als ich sie entgegennahm, war sie plötzlich schwer. Ich langte in die Tasche: Eine Glaskugel, mehr als faustgroß, ein Paperweight, in das eine Art Orchidee eingegossen war, violett und weiß, mit zarten orangefarbenen Rändern. Die Schönheit verschlug mir den Atem, und Elli sagte: »Damit kannst du dann die Briefe beschweren, die ich dir nicht geschrieben hab.«

Um tanzen zu gehen, war es noch zu früh, und wir spazierten Arm in Arm über die alte Brücke und setzten uns in die kleine Bar neben dem »Goldenen Hirschen«. Ich bestellte Wodka mit Limonensaft und einem Schuß Anis.

»Also ...«, sagte Elli und leckte den Zuckerrand vom Glas. Sie schlug ein Bein übers andere, wobei ihr der bunte Fiorrucci-Schuh von der Hacke schlappte. Ihr dünner Rock war sehr kurz, und an dem muskulösen Oberschenkel gab es eine lange glänzende Mulde. Ich dachte plötzlich an ihre Abtreibungen, vier mittlerweile, und dann erzählte sie von Jens, und daß sie das Gefühl habe, kurz vor dem Durchdrehen zu stehen ...

Sie hatte ihn vor drei Wochen zum ersten Mal getroffen, auf einer Vernissage, und war gleich »hinüber« gewesen. »Dieser Gang, weißt du. Absolut frei. Ich kriegte eine Gänsehaut und starrte ihn immerzu an. Und dann steckt mir der Olaf Eis in die Bluse.«

Ein paar Tage später sah sie ihn im »Dschungel« wieder. Diesmal war sie allein; sie tranken etwas an der Bar, tanzten ein bißchen und gingen bald zu ihm. Sie mußte im Korridor warten, bis er die Vorhänge in dem großen Raum zugezogen hatte, und sie redeten und tranken Wein, stundenlang. »Ich dachte schon, er würde mich *nie* anfassen«, sagte sie. »Er legte immer wieder die Stranglers auf. Strange Little Girl. Aber

49

dann … O Gott, es war furchtbar. Ich meine, es war unglaublich. Wir haben gefickt wie Romeo und Julia. Ich mußte dauernd heulen. Hast du sowas schon mal erlebt?«

Ich antwortete nicht, und sie bestellte noch zwei Cocktails und sagte: »Und natürlich ist wieder alles total verfahren. Mir kniet dieser Dicke auf dem Rock, und er ist auch nicht frei. Seine Freundin wohnt im Seitenflügel, das stell dir vor! Sie ist Lehrerin. Also können wir uns höchstens vormittags treffen. Aber da muß er schlafen, weil er doch nachts arbeitet! Herrje, das macht mich noch mal krank. Hab jetzt schon 'ne Arhythmie.«

Sie schloß die Augen, und ich griff nach ihrer Hand, fühlte ihren Puls. »Hast du nicht.« Sie stieß leise auf. »Was ist er denn von Beruf?«

»Weiß nicht. Künstler. Hat mich sogar schon porträtiert. Aber nur in Kreide. Ich hab das Bild unterm Bett versteckt. Wenn der Olaf das sähe …«

Wir saßen auf einer dieser gepolsterten Bänke und hatten das Lokal gut im Blick. Ein paar Kerle glotzten von der Bar herüber, und einer hob sogar sein Bier, prostete uns zu. Elli legte den Kopf an meine Schulter. »Er ist so hübsch, du glaubst es nicht. Schlank und scheu, und eine Haut wie ein Mädchen. Alles an ihm schmeckt gut. Zum ersten Mal im Leben habe ich das Gefühl, daß ein Mann ganz für mich da ist.« Sie seufzte, biß sich auf die Unterlippe. »Und weißt du …« Sie flüsterte plötzlich, malte mit dem Finger Ornamente auf den Tisch, immer schneller. Dann zerrte sie an ihrem Rock. »Er hat einen so … leuchtenden Schwanz!«

Ich lachte auf, stieß sie weg.

»Doch!« beharrte sie, ebenfalls lächelnd. Und mit gespielter Strenge: »Aber das geht dich eigentlich nichts an, oder? Nachher machst du ihn mir abspenstig.«

Ich nahm eine von ihren Zigaretten. »Bin bestens versorgt, danke. Und wie gehts jetzt weiter mit euch?«

»Ach . . .« Sie winkte ab. »Ich würd ja sofort durchbrennen mit ihm. Aber er? Ich glaub, er hängt an dieser Lehrerin. Sie kriegen wohl ein Kind. Doch jetzt ist er erstmal in Italien.«

»Allein?«

Sie nickte. »Studienreise. Er zeichnet diese alten Schinken ab, die Skulpturen. Rom, Florenz, Neapel. Und ich verschimmle hier vor Sehnsucht.«

Mit den Fingerrücken streichelte ich ihre Wange, und wieder riß sie die Augen weit auf und sagte: »Aber stell dir vor, meinetwegen läßt er Venedig sausen. Das ist doch schon mal was, oder?«

»Wie, deinetwegen?«

»Naja, seiner Tussi sagt er, daß er da hinfährt und alles abkupfert. Doch er steigt in Verona aus und trampt dann hier hoch.«

»Er trampt?«

»Klar. In Italien nicht, da sind die Züge billig. Aber dann . . . Er ist ja nicht so reich wie Olaf, weißt du. Ist mir aber egal. Der Dicke jettet übers Wochenende nach New York und bringt mir nichtmal 'n Donut mit.«

»Moment jetzt«, sagte ich. »Wie meinst du das? Dein Jan kommt hierher?«

»Jens!« Sie war blaß geworden, malte wieder Ornamente auf den Tisch. »Es ist dir nicht recht, oder? Bitte, sei ehrlich, ja? Wenn es dir nicht recht ist, blase ich alles wieder ab. Wir können auch in eine Pension gehen. Oder auf den Campingplatz. Wir haben doch nur die zwei Tage! Endlich einmal ungestört.«

Sie gab mir Feuer. »Bist du jetzt enttäuscht? Sag! Ach Mensch, Conni, du siehst mich so komisch an. Sei nicht enttäuscht, ja? Natürlich hätte ich dir schreiben können. Aber du kennst mich doch. Bin nur knapp an der Legasthenie vorbeigeschrammt. Schreiben ist echt nicht mein Ding. Ich hab alle deine Briefe aufgehoben. Ehrenwort. Hab sie immer wieder gelesen. Besonders den von der Nordsee, erinnerst du dich? Wo du den toten Vogel gefunden hast, dieses riesige Ding. *Von der Flut tief in den Sand gespült.*«

Der Keeper brachte zwei Drinks, die wir nicht bestellt hatten. Er wies mit einer Kopfbewegung auf die Männer an der Bar. Wir ließen sie erst mal stehen, und Elli sagte: »Ich mußte fast weinen bei der Formulierung. Wirklich. Habs mir immer wieder vorgesprochen. Du bist so vornehm. Du hast einfach Stil. Und ich altes Trampeltier ... Ich hab mir ausgemalt, wie du so einsam über den Strand gehst in deinem langen Kaschmirmantel, der Himmel grau, und du findest nichts als diesen Vogel: Von der Flut tief in den Sand gespült ...«

Sie weinte nun wirklich, und ich zog sie wieder an mich, schmunzelte in ihr Haar hinein. Sie schlang beide Arme um meine Taille, und ihre Tränen, von der Schminke gefärbt, tropften auf meine Bluse.

Am nächsten Tag gab es zum Glück nicht viel zu tun. Ich hatte kaum geschlafen; Elli schnarchte immer, wenn sie zuviel trank, und weiß Gott, wir hatten viel getrunken. Ich arbeitete den ganzen Tag wie unter Wasser. Drei Schrittmacher, mit viel Zeit dazwischen, und ich drückte die Beine gegen den Heizkörper und träumte zum Fenster hinaus.

Ein Hauch von Herbst lag über den Bäumen, und ich dachte an Richard und seine immer etwas stoppelige Brust. Seine Frau wollte, daß er sich die Haare dort rasierte. Im Waschraum war eine Besprechung, und als ich mich umdrehte, sah mich einer der Chirurgen an. Er stand in der hintersten Reihe und schien sich nicht im geringsten für die Ausführungen des Chefs zu interessieren. Er hatte mein Alter, doch das Blau seiner Augen kam mir verlogen vor. Ich streckte ihm die Zunge raus und machte Feierabend.

Die Mülltonne stand noch auf dem Bürgersteig. Ich ließ sie stehen. Es roch nach Knoblauch und Tomatensoße, schon im Treppenhaus. Der Tisch war gedeckt, Kerzen brannten in der Sonne, und in dem großen Topf brodelte Wasser. Die beiden hockten vor der Anrichte und schnippelten Gurken und Möhren für den Salat. Sie trugen noch ihre Straßenschuhe.

Elli kam in den Flur, umarmte mich und sah mir prüfend ins Gesicht. Sie hatte eine Seidenbluse an, cremefarben. »Müde?« Ich nickte und zuckte mit den Schultern zugleich, und sie gab mir einen Kuß auf die Wange und führte mich in die Küche, zu ihrem Jens. Wir gaben uns die Hand. Seinen ersten Blick hatte ich natürlich schon in der Tür registriert und dachte: Kannst du vergessen.

Aber hübsch war er doch. Er trug zerschabte Cowboystiefel, schwarze Jeans und ein sauberes weißes Hemd, ungebügelt. Die Haare waren dunkel und leicht gewellt, die Augen braun, und er bedankte sich artig für meine Gastfreundschaft, und so weiter. Dabei siezte er mich.

»Gern geschehen«, sagte ich. »Jungen Verliebten muß man helfen, wo man kann.«

Elli grinste, fragte, wie mein Tag gewesen sei, und ich sagte: »Okay.« Sie stellte eine große Weinschorle auf den Tisch, ein Halbliterglas. Es gab Nudeln und Salat, und Jens erzählte, wo überall er gewesen war in Italien. Seine Stimme gefiel mir; sanft, defensiv und doch voll Kraft; ich mußte an diese Pastellkreiden denken. Er aß eine Menge, streute sich immer wieder Käse über die Spaghetti, trank aber keinen Schluck. Elli und ich hatten das große Glas schon fast geleert, und ich stand auf und machte ihm eine Weinschorle in einem kleineren.

Sie stutzte. »Wieso das?« Sie hatte etwas Soße an der Unterlippe, starrte ihn an. »Magst du nicht mit uns aus einem Glas trinken? Sind wir dir nicht fein genug?«

Er lächelte verlegen, hob die Schultern, und ich sagte: »Nun laß ihn mal. Er ist halt nicht aus der Pfalz; er kennt das nicht.«

»Na und?« Sie sah verblüfft von ihm zu mir. »Deswegen kann er doch mit uns aus einem Glas trinken, oder?«

Ich schob Jens die frische Schorle hin, gab Elli einen Klaps und sagte: »Ruhe jetzt. Brav sein und essen.«

Dann machte ich Kaffee, und weil plötzlich niemand etwas sagte, erzählte ich ein bißchen von der Station und daß ich das Gefühl hätte, immer mehr abzustumpfen in dem Job. Jens bot uns italienische Zigaretten an. Er nannte Elli Elisabeth, und sie tippte sich an die Stirn und sagte: »Wir sind alle milieugeschädigt. Wenn du dich mit einer Krankenschwester einläßt, mußt du damit rechnen, daß sie beim Vögeln ›Tatort‹ guckt. Und nebenbei deine Prostata betastet.«

Wir lachten, was die Luft ein bißchen erfrischte, und ich kippte meinen Espresso. »Wir haben einen Patienten, Herrn Pölz, etwas über siebzig, der hat jetzt die dritte Klappe in zwei Jahren gekriegt. Und nach der OP standen wieder alle um sein Bett herum, Studenten, Ärzte, Oberärzte und der Chef, stolz wie Oskar: Na, mein Lieber, haben wir das nicht phantastisch gemacht? Und er: Ach was. Solange ihr mir keine anständige Frau besorgt, kann ich euch doch gar nicht ernst nehmen!«

Elli kreischte, hielt sich eine Hand vor den Mund und drehte sich weg. Mit dem Daumennagel fuhr sie sich durch die Zahnzwischenräume. Auch ihr Freund lächelte, aber eher höflich. Er schaute mich einfach an, und ich stellte die Sahne in den Eisschrank zurück und stieß die Tür mit der Hüfte zu. Natürlich hatte Herr Pölz das nicht gesagt. Aber er hätte es sagen können. Es war sein Ton.

Ich warf die Autoschlüssel auf den Tisch. »Mich müßt ihr abschreiben heute. Ihr nehmt am besten mein Schlafzimmer, die Matratze ist breiter. Und ab zwanzig Uhr bitte keine Cowboystiefel oder Stöckelschuhe mehr, sonst habt ihr den Hausdrachen am Hals.« Dann legte ich mich auf die Couch, zog mir die Wolldecke unters Kinn und schlief auch schon ein.

Als ich wach wurde, waren die Täubchen ausgeflogen; das Auto stand nicht vor der Tür. Mein Bett war gemacht, die Tagesdecke straff gespannt. In der Ecke lehnte ein Seesack, und über dem Stuhl hing eine Jeansjacke, ausgebleicht und zerfranst und mit Stickern am Kragen: ein schwarzer Stern, ein roter Stern, ein Saxophon, winzig. Ich strich mit den Fingern darüber, den Nagelrücken. Dann aß ich etwas Käse, trank ein Glas Bier, legte mich im Morgenmantel aufs Sofa und stellte den Fernseher an. Schlief aber bald wieder ein.

Irgendwann nachts hörte ich sie in der Küche flüstern. Dann ging etwas zu Bruch, wahrscheinlich im Bad, und jemand nahm das Kehrblech aus dem Schrank. Sie duschten ausgiebig, die Füße knarzten endlos in der Wanne. Elli kicherte. Mein Bett stand nicht sehr fest, das hatte ich vergessen. Eine Viertelstunde wummerte das Kopfende gegen die Wand, bis jemand darauf kam, ein Kissen hinter die Messingstangen zu schieben, vermutlich er. Die Kleine miaute leise, und manchmal entfuhr ihr ein Schrei, den sie aber gleich erstickte. Das Vibrieren der dünnen Zwischenwand war mit den Fingerspitzen zu fühlen.

Als ich am nächsten Tag von der Arbeit kam, schliefen sie noch oder schon wieder, und ich badete und zog mir frische Sachen an. Dann brachte ich den Müll weg und ging zu meinem Auto. Frau Lambertz öffnete das Fenster. »Sagen Sie mal, Schwester Constanze, wieviel Leute sind denn bei Ihnen?«

»Meine Freundin und ihr Freund«, antwortete ich.

»Nach Adam Riese zwei.«

»Ach so. Und was soll das nun werden da oben? Ein Bordell?«

Ich ließ sie stehen und fuhr in die Stadt. Nachdem ich ein paar Einkäufe gemacht hatte, ging ich ins Kino,

»Out of Africa«, zum zweiten Mal, und anschließend wählte ich Richards Nummer. Ich hatte Glück, er selbst war am Apparat, und wir verabredeten uns auf eine Tasse Schokolade in der Bar des »Vierjahreszeiten«. Das war unser Versteck.

Er kam mit dem Hund seiner Frau, einem Irish Setter, und wir setzten uns in die Nische hinter den herabhängenden Pflanzen, Kunststoff, und tranken Cognac zur Schokolade. Im Innenhof plätscherte der kleine Brunnen. Richard hatte wohl Sorgen, erzählte mir von der bevorstehenden Scheidung seines Ältesten, doch ich hörte nicht richtig zu. Ich überlegte, was mich befremdete an ihm. Irgend etwas Angenehmes. Er roch gut, wie immer, aber statt Hemd und Krawatte trug er ein schwarzes T-Shirt unter dem Sakko, und ich biß in sein Ohrläppchen und sagte: »Eigentlich könnten wir mal rasch auf die Toilette, oder?«

Er hob den Kopf. Trotz des Alters war sein Hals noch schön. Muskulös. Er schwamm. »Ist das dein Ernst?« Dann wußte er nicht, wo er hinsehen sollte, und wikkelte sich die Leine um die Hand. Daß sie nie wirklich erwachsen werden, ist vielleicht das Rührendste an Männern. »Und wer achtet so lange auf Flex?«

Ich lachte. »Bravo! Zu Hause schiebst du den Hund vor, um dich mit deiner Geliebten zu treffen – bei der du dann den Hund vorschiebst, um sie nicht lieben zu müssen...? Wie nennt man das in der Mathematik?«

Er schämte sich, und das tat mir leid. Wir bestellten noch zwei Cognac, und er fragte mich nach seinem Exemplar von Hamsuns »Hunger«. Ob ich es schon ausgelesen hätte. Ich erzählte ihm, daß ich wohl kündigen würde, und er nickte und streichelte meine Hände. Seine Schwiegertochter sei so alt wie ich, sagte er. So jung. Dann küßte er mich auf die Stirn und ging nach Hause.

Sechs Wochen später kam ein Brief von Elli, ein kleines, aus dem Ringbuch gerissenes Blatt. Sie sei schwanger gewesen, habe jedoch schon abgetrieben. Die Sache mit Jens sei vorbei. Olaf habe ihr einen Antrag gemacht, im Frühjahr brauche sie mich als Brautjungfer, und überhaupt: »Komm nach Berlin. Komm schnell. Ich hab hier keine richtige Freundin. Nicht eine. Und die Kerle können mir langsam gestohlen bleiben. – Deine Dich liebende Elli (von der Flut tief in den Sand gespült).«

Erleuchtung durch Fußball

Es wurde dunkel, als ich von der Arbeit kam. Im Wohnzimmer brannten Kerzen, und ich blieb unter der Linde stehen und sah meiner Frau beim Tischdecken zu. Sie trug eine Plastikschürze über dem Seidenkleid mit dem kleinen Stehkragen, und ihr Haar, noch hochgesteckt, sah frisch getönt aus. Sie bemerkte mich nicht, und ich überlegte, ob wir irgendwelche Leute eingeladen hatten für den Abend, konnte mich aber nicht erinnern. Es war eher unwahrscheinlich. Rita wußte, daß ich mir das Pokalspiel ansehen wollte. Außerdem hatte ich keinen Hunger. In meiner Tasche waren noch alle Brote.

Unser Haus ist ein schmales, zweigeschossiges aus den zwanziger Jahren, und wir hatten uns mit dem Kauf, der Renovierung und dem Einbau einer Garage im Keller vielleicht etwas übernommen. Doch wir leben gern hier. Ein Dutzend dieser Ziegelhäuser mit kleinen, von schnörkeligen Eisengittern umgrenzten Vorgärten steht auf jeder Seite der gepflasterten Straße – einer Straße, die man in Tempelhof nicht vermuten würde.

Obwohl es regnete, mochte ich noch nicht hineingehen. Der Efeu glänzte wie glasiert, das erleuchtete Klingelschild flackerte etwas, und momentlang glaubte ich, die leisen Töne der Windglocken zu hören, die im Zimmer unserer Tochter hingen. Doch das Fenster war geschlossen.

Unser Haus ist das einzige, an dem Efeu wächst, und ich hätte ihn längst weggehackt. Im Sommer ist er voller Ungeziefer und Vogelnester, überall klebt weißlicher Kot, und die feinen Wurzeln graben sich in die Mauerfugen oder Klinkerrisse und machen alles porös. Doch meine Frau und Janine, unsere Tochter, hatten protestiert, um es gelinde auszudrücken, es hatte Geschrei und Tränen gegeben, sogar Drohungen. »Wenn du das Grünzeug abreißt, ziehe ich aus!« Originalton Janine. Und Rita hielt mir ein Buch unter die Nase, *Heilpflanzen heute*. Darin wurde Efeu eine bronchienstärkende Kraft zugeschrieben, und hustend erinnerte sie mich an ihre »asthmatischen Zustände«. Also gab ich nach; schließlich hat die Familie meiner Garageneinfahrt zuliebe auf den hinteren Garten verzichtet.

Doch jetzt kommts. Erstens ist unsere Tochter sowieso ausgezogen; sie studiert an der Columbia Universität in New York. Und zweitens hat dieser alte Efeustamm, genauer, seine Wurzeln, den Isolierputz der Nachbarn aufgeknackt. Erst wollte ich das nicht glauben, denn die Sommers, ein junges Paar mit vier Kindern, haben seit ihrem Einzug nichtmal die Fenster gestrichen; die lassen den Kasten einfach vor sich hinbröckeln, und Risse gibt es nicht nur im Isolierputz. Doch sie klagten, und ein Gutachter, dessen zwei, drei Spatenstiche ungefähr so viel kosteten, wie ich im Monat verdiene, bestätigte, daß die Feuchtigkeit da unten auf die Efeuwurzeln zurückzuführen sei.

»Verdammt, wieso ist dann *mein* Keller trocken?«

fragte ich. Doch er zuckte mit den Schultern, was offenbar gratis war, und es wird darauf hinauslaufen, daß ich den Nachbarn eine neue Isolierung bezahlen muß, und mehr: Zwei der Kellerräume waren als Kinderzimmer umgebaut worden, und der jüngste Sohn hat plötzlich Atemprobleme gekriegt, was eine aufwendige Therapie im Sauerstoffzelt erforderlich macht. Und auch die Krankenkasse der Sommers hat mich verklagt und fordert einen Großteil ihrer Ausgaben zurück.

Wieder spürte ich dieses Brennen in der Magengegend. Ich atmete durch und dachte an das Aufziehen selbstklebender Briefumschläge. Irgendwie hatte das Gefühl damit zu tun. Meine Frau rollte Papierservietten zusammen, steckte sie in die Gläser. Der Tisch war für drei Personen gedeckt, und ich kam immer noch nicht darauf, wen sie eingeladen hatte. Das ganze Drumherum – die silbernen Kerzenleuchter, die Blumen, der Wein – sah nach einem Festessen aus, und sie nahm die Servietten wieder aus den Gläsern und faltete sie zu seltsamen Gebilden, die sie auf die Teller stellte. Ich beschloß, noch einmal um den Block zu gehen.

Auch in den anderen Häusern aß man zu Abend oder sah fern. Hier wohnen junge Menschen mit Kindern, und vor den Türen parken schnittige Kleinbusse und einige von den runden Dingern, die aussehen, als wären sie zum Lutschen. Ich werde immer etwas kleinlaut vor dem Lebensstil dieser Leute, genauer, vor ihrer Sorglosigkeit, was das Schuldenmachen betrifft. Das Dachgebälk kracht unter der Zinslast, und sie winken strahlend aus Chrom und Glas heraus und biegen um die Ecke, Richtung Sylt. Sogar die Hunde und Katzen, die sie uns manchmal zur Pflege bringen, kommen mir wie Designerware vor und sehen jedenfalls so aus, als hätten sie irgendwo im Fell eine Kreditkarte stecken.

Etwas mache ich falsch. Ich bin der erste, der morgens zur Arbeit geht, und wenn ich abends nach Hause komme, hocken die jungen Väter in ihren gebügelten Hemden schon wieder auf den Ledersofas und lassen das Jüngste auf den Knien reiten. Während ich mich neulich bei dem Gedanken ertappte, daß es mir nicht unlieb wäre, wenn unsere Tochter über Weihnachten in Amerika bliebe. Denn das Ticket geht natürlich auf meine Rechnung.

Vielleicht hat Rita recht: Ich bin zu angespannt, müßte gelassener werden, »meine Mitte finden«, wie sie das neuerdings nennt. Sie ist gerade auf dem Japan-Trip. Erst machte sie Aikido-Zen und ließ sich zweimal pro Woche auf die Matte schmettern, stundenlang. Bis zum Bandscheibenvorfall. Danach kamen sogenannte Brokatübungen, was ich, ungebildet wie ich bin, für eine Art Nähsport hielt. – »Zeig doch mal die Stickereien«, hatte ich gesagt. »Bei den Kursgebühren verarbeitet ihr wohl reines Gold?« – Dann standen überall halbvolle Vasen herum, das war also Ikebana, und plötzlich gab es nur noch grünen Tee aus Tassen, die mich an die Kindheit erinnerten, an das Puppengeschirr meiner Schwester. Aber gut, solange sich was zum Essen in der Mikrowelle befindet und mein Sessel im richtigen Winkel zum Bildschirm steht, kann man eine Menge mit mir machen.

Doch eines Tages öffne ich die Tür und denke, ich bin im falschen Haus. Jedenfalls war mir unseres noch am Morgen möblierter vorgekommen. Rita lief in einem neuen Kimono durch die Räume, verschob hier ein Regal, dort eine Blumenbank, schwenkte Räucherstäbchen und murmelte unverständliches Zeug, altjapanische Formeln, wie ich später erfuhr. Und meine erste Frage war: »Wo ist der Fernseher.«

Nur noch unser Philodendron stand da, neben einem niedrigen, mattschwarz lackierten Tisch mit dem erwähnten Teegeschirr darauf. An den beiden Rundkissen hingen noch die Preisschilder, und meine Frau hielt mir einen bunten Computer-Ausdruck hin, ein sogenanntes Feng-Shui-Gutachten samt Zeichnung, auf der unsere Räume wie nach einer Pfändung aussahen. Wozu auch ein Sofa? Sitzen ist Schwäche. Oder ein Sideboard? Man würde sein Glas einfach auf einen dieser unsichtbaren, das Zimmer durchziehenden Kraftströme stellen und zusehen, wie es sanft aus dem Raum glitt, in die Spülmaschine. Lesen konnte ich nichts auf dem Blatt, jedenfalls nicht die Schriftzeichen. Die Zahlen wohl.

»Feng-Shui?« brüllte ich. »Feng-Shui?! Was heißt das! Fernseher weg?!«

Natürlich wurden die Möbel aus dem Keller geholt, und unser Wohnzimmer sieht wieder aus, wie die meisten anderen in der Straße auch. Die Neunzehn-Uhr-Nachrichten begannen, auf den Bildschirmen jenseits der Eßtische dominierte das Olivgrün von Panzern und Uniformen, und wie immer, wenn ich eine Farbe sehe, dachte ich Katalognummer und Rastertiefe mit, ganz unwillkürlich; ich bin Drucker, seit zweiunddreißig Jahren.

Noch bin ich Drucker. Ich ging bis ans Ende der Straße, die eine Sackgasse ist. Doch zwischen der Brandmauer des Gymnasiums und dem Haus der Neuners gibt es einen schmalen Heckenweg, der zur Parallelstraße führt. Außer meiner Frau und mir sind die Neuners das einzige ältere Ehepaar in der Nachbarschaft, und als ich an die Rückseite ihres Hauses kam, sah ich sie in der Küche. Er saß im Schlafanzug am Tisch und verpackte Weihnachtsgeschenke, wahrscheinlich für die Enkel. Sie hatte sich in ihre Operngala geschmissen, und in der rechten Hand, peinlich gepflegt und voller Ringe, hielt sie eine angebissene Wiener und sah ihm beim Binden der Schleifen zu.

Ich hatte Rita gesagt, daß meine Versetzung beschlossene Sache ist, klar. Aber ich hatte ihr auch manches nicht gesagt. Der Wagen jedenfalls war in der Werkstatt, und sie hatte bisher noch keinmal danach gefragt. Schließlich brauchten wir ihn kaum. Sie fährt Rad, und es gibt Geschäfte genug in der Nähe; es gibt Kinos und Parks, und die U-Bahn ist fünf Minuten weit entfernt. In Berlin braucht man kein Auto.

Auf den kleinen Gartengrundstücken hinter den Häusern wird kaum etwas gepflanzt. Es gibt ein paar Birken, zwischen denen bunte Rutschen und Gerüste stehen, und ich bückte mich nach einer Plastikpistole, die auf dem Bürgersteig lag, warf sie den Marondes auf die Terrasse. Sie schienen nicht zu Hause zu sein; ihre drei Kinder, alle mit roten Weihnachtsmützen auf dem Kopf, spielten Trampolinspringen auf dem Ehebett, und der Babysitter, eine Studentin aus dem Senegal, hockte in der Küche und las Zeitung. Auch sie trug eine Weihnachtsmütze.

Rita hatte sich natürlich über meine Versetzung gefreut,

nicht nur, weil jetzt die lange Fahrt nach Spandau weg-
fällt. Für sie ist es eine Beförderung. Ich soll ab Januar
den Stammsitz der Firma leiten, die Tiefdruckanlage in
Neukölln. Das hatte Bender in die Wege geleitet und Dr.
Raben, unser Chef, unterschrieben. Er hat mir sogar
auf die Schulter geschlagen.

Es regnete stärker. Mit spitzen Fingern hielt Frau Neu-
ner ihrem Mann das Würstchen hin, und er biß ein
Stück davon ab, bevor er eine neue Schleife band, eine
goldene.

Bender war der erste gewesen, den ich nach meiner
Meisterprüfung ausgebildet hatte, und schon damals
zeigte sich, daß er außergewöhnlich war: Klug, schnell,
skrupellos. Kaum hatte er seinen Facharbeiterbrief in
der Tasche, ging er zur Konkurrenz, zur DIAG nach
Britz, die plötzlich eine Rotationsmaschine mit ver-
kürzter Duktor- und verlängerter Pendelwalze baute.
Nach meinen Entwürfen. Deren Ausführung war Dr.
Raben damals zu kostspielig vorgekommen; sie lagen
monatelang in seinem Büro. Nun fischte Britz alle Auf-
träge für Pigmentpapier vom Markt und klopfte mit
meiner Idee beim Patentamt an.

Bender ließ sich dafür Abendschule, Abitur und Stu-
dium bezahlen und kam als frischgebackener Ingenieur
mit EDV-Ausbildung zu uns zurück. Weiß der Teufel,
was den Chef bewog, ihn wieder einzustellen; vermutlich erinnerte ihn die Kaltschnäuzigkeit des Jungen,
seine kriminelle Energie, an die eigenen Anfänge. Jedenfalls wurde Bender von heute auf morgen Ge-
schäftsführer, und ich mußte die Sekretärin um einen
Termin bei meinem Lehrling bitten.

Da haben wir sie also, die neue Generation, dachte ich. Die jungen Beißer. Weil sie alles auf ihren Computern können, glauben sie, auch alles im Leben zu können. Und am Ende stimmt es sogar.

Ich war enttäuscht, sicher, war übergangen worden; doch ich machte meine Arbeit. Das gemeinsame Bier am Samstagvormittag, bei dem Raben die wichtigen Punkte der Woche mit mir besprochen hatte, fiel natürlich weg. Aber daß mir einmal ein Kathodenstrahler durchknallte, war nicht meine Schuld. Wahrscheinlich Materialfehler. Auch wenn der Schwindelanfall nicht gewesen wäre – das Ding war nur vom Sockel gefallen und hätte ganz bleiben müssen. Trotzdem bot ich dem Alten an, die zwanzigtausend Mark von meinem Gehalt abzuziehen, was gewissermaßen ein Test war. Doch davon wollte er nichts wissen.

»Na siehst du!« sagte Rita, die sich irgendwann mal vorgenommen hat, alles positiv zu sehen. Sie kann das; sie muß es ja nicht bezahlen. »Pfeif auf die Bande. Soll sie in Spandau versauern. Jetzt bist du Leiter einer Niederlassung, dein eigener Herr!« Und sie verneigte sich vor mir auf diese alberne japanische Art.

Aber ich dachte an den Blick des Chefs, das verlegene Blinzeln, den Schulterschlag, und daß ich geheult hatte auf dem Klo. Und plötzlich konnte ich ihr nicht mehr sagen, daß die Druckstraßen in Neukölln keinen Pfifferling wert sind, daß Neukölln abgewickelt wird, spätestens in zwei Jahren, und mit den Maschinen alle Arbeiter. »Verlagerung der Kapazitäten.« Sie hätte es mir nicht geglaubt.

Irgendwo bellte ein Hund, und ich zögerte einen Moment vor der Einfahrt. Nebenan, im Haus der Sommers, wurde Musik gemacht; die Tochter spielte Klavier, und es klang, als würde jemand eine Reihe von Tasten mit dem Unterarm drücken, immer wieder, bis Frau Sommer etwas nach oben rief. Sie war in der Küche, hatte den Jüngsten gebadet. In ein Frotteetuch mit Kapuze gewickelt, stand er auf dem Tisch, und seine Mutter rubbelte ihn ab. Manchmal hustete er, und es war das erschreckend laute und irgendwie hohle Husten, das Rita immer Kröchen nannte. »Der kröcht wie ein kleiner Hund.«

Ich beschloß, durch den Keller ins Haus zu gehen, und tastete in der Parkatasche, in der auch der Briefumschlag steckte, nach dem Schlüssel. Um Beton zu sparen, hatte ich die Einfahrt etwas steiler angelegt als erlaubt, und die geglättete Oberfläche, alle zwanzig Zentimeter von einer Rille durchzogen, glänzte im Regen. Der Sturz über dem Garagentor, ein Stahlträger, war immer noch nicht verputzt. Es war auch schon zu kalt dazu.

Meine Frau betrat unser Schlafzimmer und knipste das Licht über dem Frisierspiegel an. Sie setzte sich, löste die Spange in ihrem Nacken, schüttelte das kastanienbraune Haar und steckte es neu zusammen. Zwei Jahre älter als ich, sieht sie doch viel jünger aus. Einmal war ich gestorben im Traum, und sie saß an genau dem Platz und starrte verzweifelt und ohne Hoffnung vor sich hin. Ich stand bei ihr, auch wenn sie es nicht bemerkte. Ich beugte mich hinunter, legte meine Wange an ihre und sagte: »Siehst du, so schlimm ist es doch gar nicht. Glaub an Gott.« Aber sie hatte nichts gehört, starrte weiter vor sich hin. Dann drehte sie einen Lippenstift auf, roch daran, schraubte ihn zu und ging hinaus. Das Licht ließ sie brennen.

Kurz darauf kam sie in die Küche. Sie öffnete den Kühlschrank und stellte Dessertschalen auf die Arbeitsplatte, drei Stück. In eine tunkte sie den kleinen Finger, steckte ihn in den Mund, und plötzlich drehte sie sich um und nahm das Telefon vom Tisch.

Ich hatte kein Klingeln gehört und sah auf die Uhr. Ritas hocherfreutem Gesicht nach rief unsere Tochter an; in New York war Lunch-Time, und meine Frau ließ alles stehen und liegen und ging in eins der vorderen Zimmer. Dabei machte sie zwar das Küchenlicht aus. Doch der Eisschrank blieb offen.

Das gelbe Gras unter den Schuhen knisterte, und ich sah meinen Atem vor dem Mund. Ich dachte daran, daß unsere Tochter nun seit einem Jahr in Amerika ist, und ich hatte meine Zweifel, ob die junge Dame noch mal bei uns einzog. Es war mir sofort klar gewesen, daß unser Familienleben mit ihrer Abreise für immer beendet sein würde, und vielleicht hatte ich mich deswegen so gesträubt gegen diesen Studienaufenthalt; nicht aus Kostengründen, wie meine Frau mir unterstellte. New York ist teuer für uns, richtig teuer, das stimmt, und die Telefonate zur Lunch-Zeit fallen da kaum noch ins Gewicht. Ich mußte das Haus noch einmal mit einer Hypothek belasten. Aber das war es nicht. Ich hänge an der Kleinen, verdammt. Ich hab sogar ihre alte Zahnspange in die Garageneinfahrt betoniert, heimlich natürlich. Als Glücksbringer.

»Daß jemand in Amerika studieren will, kann ich ja

verstehen!« sagte ich, und Rita hielt sich beide Hände an die Ohren. Doch ich sprach ganz normal. »Wenn man Betriebswirt, Techniker oder Mediziner werden will – okay. Die sind ja nicht blöd da drüben. Aber wieso jemand aus Berlin über den großen Teich fahren und in New York *Germanistik* studieren will, geht über meinen Verstand! Das erklär mir mal, bitte!«

Rita kam wieder in die Küche, stellte die Schalen in den Kühlschrank zurück und nahm mit einem Griff ein paar Fläschchen heraus, Nagellack. Zu viele, das sah ich gleich. Sie telefonierte immer noch, drückte die Tür mit dem Hintern zu, plapperte strahlend, blickte in den Garten und sah mich doch nicht. Dann stieß sie mit dem Ellbogen gegen den Grill, und es passierte, was ich geahnt hatte. Ich hörte die Fläschchen zwar nicht fallen; doch Rita bückte sich, verschwand aus meinem Blick.

Das Garagentor schepperte im Rahmen. Der leere Raum dahinter erzeugte einen Hall im Kopf, und ich sah zu dem Stahlträger hoch, den ich mit Hühnerdraht umwickelt hatte, als Putzträger, und von dem mir Wasser ins Gesicht tropfte. Es schmeckte nach den Kupferpfennigen der Kindheit und war so kalt, daß es mir eine Sekunde lang heiß vorkam. Ich rutschte etwas tiefer, dachte an das Pokalspiel, langte nach meiner Ledertasche. Die Thermoskanne war fast neu. Ein Flugzeug glitt über das Haus, eine zweimotorige Propellermaschine, ich konnte Markierungen auf dem grauen Bauch und den Unterseiten der Flügel erkennen. Aber ich hörte keinen Laut, nur meinen Puls in den Ohren, und der Efeu bewegte sich im Wind.

Die glänzenden Blätter sahen scharf aus, wie Scherben.

Ich war nicht bewußtlos. Ich fühlte die Kälte des Betons in meinen Schultern, den Knochen, und wußte doch, daß sie nicht überall hinkam. Wasser tropfte mir in die Halsgrube, auf den Handrücken und leise pitschend auf das Glas meiner Armbanduhr.

Im Nachbarhaus schlug wieder jemand auf die Tasten, ein metallischer Akkord. Doch es war dunkel jetzt. Ich zog mich an der Stahlfeder hoch, nahm meine Tasche, schloß das Garagentor und stieg die Treppe hinauf. Meine Stiefel quietschten vor Nässe, und ich hängte den Parka an die Flurgarderobe. Auf dem Schuhschrank stand ein Blumenstrauß, Tulpen und Kiefernzweige, und es roch nach Küche, nach Gebratenem. Aber auch nach Zigarettenrauch, kalter Asche und einem fremden Parfüm. Grauweiß der Laternenschein, der durch das Fenster fiel. Die Schatten der Pflanzen und Möbel standen schräg im Raum, und ich drehte meinen Sessel zum Fernseher. Auf dem Eßtisch ein Gedeck, im Weinglas ein Zettel; ich mußte ihn nah vor die Augen halten in dem Licht.

»Mikrowelle!« stand da. Ich ging in die Küche, wusch mir das Gesicht und trocknete es mit einem Papiertuch ab. Dann nahm ich ein Bier aus dem Kühlschrank und zählte die Nagellackfläschchen. Auf der Anrichte schmutziges Geschirr und ein Aschenbecher, randvoll mit filterlosen Kippen, Gauloises. Daneben zwei Gläser mit Rotweinresten, und vor der Kaffeemaschine standen die Dessertschalen, japanisches Porzellan. Zwei waren ausgelöffelt, in der dritten befand sich eine melierte, leicht eingesunkene Creme, rosa und braun. Ein bißchen Zigarettenasche darauf.

Ich nahm meine Pausenbrote aus der Tasche und horchte an der Schlafzimmertür. Rita schnarchte leise. An der Klinke waren noch Spuren ihrer Nachtcreme, wie gewöhnlich. Ich löschte das Licht, ging zu meinem Sessel und stellte den Fernseher an, ohne Ton. Eine Weile zappte ich wahllos herum, suchte nach dem Ergebnis des Pokalspiels und las im Videotext, daß es ausgefallen war. Eisregen.

Dann aß ich meine Brote. Auch sie waren feucht geworden, doch ich kaute jeden Bissen sehr lange und spülte ihn mit Bier hinunter. Das bißchen Alkohol brannte irgendwo innen, und ich zündete mir eine Kippe aus dem Aschenbecher an. Ich hatte seit der Pubertät nicht mehr geraucht. Es schmeckte bitter, aber gut. Mir wurde etwas schwindelig.

Bei Eurosport zeigten sie ein anderes Fußballspiel, den Schluß einer Aufzeichnung aus Griechenland; Panathinaikos Athen gegen Dynamo Kiew, ebenfalls ein Pokalmatch. Ich wußte, daß Kiew drin war und ihnen ein Null zu Null völlig reichte. Sie hatten anstrengende Vorrundenkämpfe hinter sich und spielten entsprechend: Stellten sich hinten rein und machten alles dicht. Kein Durchkommen.

Auch dort unten regnete es. Ein Flutlichtspiel auf zertrampeltem Rasen, und die Athener, die unbedingt gewinnen mußten, wenn sie weiter wollten, sahen nicht nur erschöpft, sondern auch verzweifelt aus. Ihr eigenes Publikum beschmiß sie mit Sitzkissen und Klopapierrollen, und sie versuchten es mit allen Tricks, mit blindem Sturm, plumpen Provokationen und raffinierten Lockmanövern. Umsonst. Fünf Minuten vor dem

Schlußpfiff war ganz Kiew nur noch Abwehr, gelassen, wachsam, gnadenlos; in den Sechzehner kam nichtmal der Schatten eines Griechen. Und dann wurde auch noch einer handgreiflich vor Wut und kassierte die rote Karte.

Das alles war so öde wie ein acht zu null – kein Spiel mehr, und ich schaltete um. Ich machte die Runde durch alle Programme und sah mir eine Dauerwerbe-sendung an, ein neuartiges Heimwerker-Set. Dann zappte ich noch mal bis zum Sportsender und stand auf. Zwischen Glas und Teller auf dem Eßtisch lag der Brief-umschlag, der Befund. Ich konnte mich nicht erinnern, ihn dort hingelegt zu haben, doch er war da, wellig vor Nässe. Die Fernbedienung in der Hand, sah ich mir den Rest des Spiels im Stehen an. Dann schaltete ich den Apparat aus und ging ins Schlafzimmer.

Die Vorhänge waren nicht ganz zugezogen, ein schma-les Lichtband fiel von draußen über das Bett, und ich ließ die klammen Kleider auf den Boden fallen. Rita wurde nicht wach. Sie hatte mir den Rücken zugekehrt, und ich zog alles aus und legte mich zu ihr. Das Haar war etwas stumpf von dem Spray, oder was sie da hin-eintat, und ich roch an ihrem Hals. Dann küßte ich ihre Wange, und sie schluckte, grunzte ein bißchen und fragte, die Augen geschlossen: »Wer da?«

Ich schmiegte mich an sie. Der Schiedsrichter, ein Deutscher, hatte noch gezögert mit dem Pfiff, wollte die letzte Offensive nicht unterbrechen, und die Jungs von Dynamo Kiew grinsten, als sie das müde Zuspiel der Griechen sahen. Einer stolperte sogar über den Ball, auf den Rängen wurden blau-weiße Fahnen verbrannt, und die Russen tippten sich an die Handgelenke.

Doch ein junger Stürmer machte noch einen verzweifelten Versuch. Er preschte vor und schoß das Leder von der Mittellinie auf das gegnerische Tor, was sogar griechische Fans mit Gelächter quittierten. Der Ball wurde sofort zurückgekickt, es sah wie Ping-Pong aus, eine Demütigung, und der Athener, der wie alle klatschnaß war und dem die Haare im ausgemergelten Gesicht klebten, trat noch einmal. Er stand weit in seiner Hälfte, und es war ein blindwütiger Schuß mit dem Spann – hoch in die Luft, als wollte er den Unglücksball für immer aus dem Stadion katapultieren. Offenbar hatte er alles in diesen aberwitzigen Kraftakt gelegt, denn er humpelte plötzlich, fletschte die Zähne und ließ sich auf den Rasen fallen. Ein Mitspieler massierte ihm das Bein.

Der Ball aber flog hoch – höher als das vom Regen getrübte Flutlicht reichte; er flog aus dem Stadionrund in den Nachthimmel, wo ihn keine Kamera mehr einfing, und auch die meisten Zuschauer schienen ihn nicht mehr zu sehen. Manche beschirmten die Augen mit den Händen oder bliesen die Backen auf, andere tippten sich an die Stirn. Und der Torwart von Dynamo Kiew feixte mit den Fotografen hinter seinem Netz, ruckte den Daumen Richtung Himmel und machte ein Gesicht, als würde er sagen: »Kommt der heut noch? Oder soll ich schon mal duschen gehen?«

Er schien weg zu sein. Auch der Schiedsrichter hatte vor Staunen die Zeit vergessen und die Pfeife noch mal aus dem Mund genommen, und sein Kollege an der Linie starrte in das Dunkel und kratzte sich den Knöchel mit der Fahne. Ich drehte am Ton, doch es war kaum etwas zu hören im Stadion. Kein Kommentar.

Und dann kam er. Die Flugbahn, vom Regen gerastert, sah etwas verwackelt aus, doch kam er genau über dem Tor herunter. Der Keeper mußte nur einen Schritt vortreten und die Arme ausstrecken, schon hatte er das Leder in den Händen. Und der Trainer der Griechen, der wohl immer noch auf ein Wunder gehofft hatte, winkte ab und zog den Verschluß seiner Jacke zu.

Die offizielle Spielzeit war vorbei, die Anzeige über den Rängen zeigte ein großes rotes Null zu Null, und alle, auch die Polizisten, die längs der Bande aufmarschierten, blieben wie erstarrt. Die Hunde blickten zu ihren Führern auf. Einen Sekundenbruchteil lang schien der Torwart den Ball nur für die Fotografen in den hochgereckten Händen zu halten. Breitbeinig stand er da, muskulös, und das nasse Leder glänzte im Blitzlichtgewitter, funkelte fast.

Doch hatte er, der gelassen seinen Kaugummi kaute, offenbar unterschätzt, mit welcher Wucht ein Geschoß aus einer derartigen Höhe herunterkommt. Schwerer als es tatsächlich war, sauste es wie nichts zwischen den großen Handschuhen des Keepers hindurch, riß ihm die Mütze vom Hinterkopf, prallte an seinem Nacken ab und – flog ins Tor.

Kein Schlußpfiff zu hören, nur Jubel, und der junge, immer noch mit Krämpfen im Dreck liegende Schütze konnte dem Blick nach nicht begreifen, warum sich plötzlich zehn Athener auf ihn stürzten ...

Ich rieb meine Wange an Ritas Schulter. Die Bartstoppeln knisterten auf dem Stoff des Nachthemds, und sie drehte sich um. Ich rieb mein Gesicht an ihrem Hals, ihrer Brust, und sie lachte leise durch die Nase und schlug nach mir. »Dummkopf«, flüsterte sie, öffnete aber nicht die Augen. Sie roch nach einem neuen Parfüm und hob die Decke an, damit ich näher zu ihr konnte. »Dummer Kerl!« Dann legte sie die Arme um mich und murmelte etwas, das ich nicht verstand. Ich schloß die Augen und dachte an den Efeu, an die feinen Wurzeln in den Mauerfugen. Im Nachbarhaus schlug eine Tür, der Regen draußen wurde leiser, und ich hörte den Klang der Windglocken, weit entfernt, wahrscheinlich schon im Traum.

Ein Winter unter Hirschen

Carl winkte ab. Er hatte alles gesichert und stellte den Fernseher an. In Paris, und nicht nur dort, flogen Brokken durch die Luft, doch er lachte, klopfte mit der Hand auf das Sofapolster. Ich blieb stehen. Eine ganze Veranda schrammte über die Champs-Élysées, wie ein Schiff aus Plexiglas; kleine gelbe Aschenbecher rollten ihr voraus. Dann fiel eine Platane um, mitten auf die menschenleere Straße, alles splitterte, und die Äste ragten wie Arme durch die Fenster der Wagen.

Bei uns hatte es in der Nacht geschneit. Am Morgen war der Waldrand weiß gewesen, dann fegte Wind die Tannen frei, und von dem abschüssigen Feld vorm Haus stiegen Schneewirbel auf, immer wieder. Seltsame Formen oft, wie Menschen in langen Mänteln. Die Spanplatten, mit denen Carl den Wintergarten verkleidet hatte, rappelten gegen die Rahmen, ein knöchernes Geräusch, das nicht nur mir auf die Nerven ging. Fips, sein Jagdteckel, verkroch sich unter Angelas Bett, und ich sagte: »Vielleicht solltest du die Drähte fester ziehen?«

Doch Carl starrte auf die Trümmer im Fernsehen, trank einen Schnaps und antwortete nicht. Obwohl ich einen Pullover trug, zog ich noch eine Wolljacke an, ging von einem Fenster zum anderen und merkte zu spät, daß ich mir schon wieder die Nagelhaut blutig geknibbelt hatte. Ich versuchte gerade, mit dem Rauchen aufzuhören. Es wurde mir einfach zu teuer.

Hartgefrorene Ackerschollen ragten wie Krusten aus dem Schnee, wie diese dunklen Brote, die sie hier essen, und weiter unten, an der Straße, wackelte der Postkasten im Wind. Angela hatte ihn im Sommer gestrichen. Der lange Weg von dort zu unserem Haus war völlig weiß. Nicht eine Vogelspur im Schnee.

Vor zwei Stunden schon war der Schulbus vorbeigefahren, und Bernie, der Chauffeur, hatte mir zugewinkt. Er ließ dann immer die Hand über dem Kopf kreiseln, und das hieß: Die Kleine treibt sich noch in der Stadt herum. Würde also mit dem Linienbus kommen.

Von dessen Endstation, Winzerhof, bis zu unserem Haus waren es noch fünfzehn Minuten zu Fuß – wenn man den Waldweg nahm. Die alten Eichen bogen sich im Wind, es knirschte und knackte im Geäst, und einen Moment lang dachte ich daran, Carl in die Stadt zu schicken. Er hatte ein Taxi, es stand in der Garage. Doch die steilen Straßen waren vereist, und er trank seit dem Vormittag. Außerdem, wo sollte er Angela suchen? Bei McDonalds? In der Bücherei? Sie konnte überall sein, und selbst wenn er sie fände, würde sie kaum in sein Auto steigen. Er war nicht ihr Vater, und sie sprach kein Wort mehr mit ihm. Meine Schuld, klar, doch passiert ist passiert.

Die Kleine würde jedenfalls nicht so dumm sein, bei dem Sturm zwischen Bäumen herumzulaufen, dachte ich und wäre fast einen Schritt zur Seite getreten. Das Jaulen und Brausen draußen, der dicke Teppichboden –

ich hatte Carl nicht gehört. Er legte mir einen Arm um die Taille, und ich lächelte mit dem Mundwinkel, den er sehen konnte. Der Geruch war erträglich; er hatte sich die Zähne geputzt. Auf dem Hemd ein weißer Fleck.

»Schau dir das an!« sagte ich. »Das gibt es nicht. Wie Gummi.«

Er schnupperte an meinem Hals. »Ach was. Die hat schon ganz andere Stürme erlebt. Die steht.«

Aber dann ließ er mich doch los und trat näher ans Fenster, wischte über das Glas. Die alte Tanne, die vor dem Haus wuchs, war höher, als ich schätzen konnte. Sie hatte einen Stammdurchmesser von über einem Meter und stand unter Naturschutz. Zweimal schon wollte Carl sie fällen, immer wurde der Antrag abgewiesen. Sie wuchs zwar auf seinem Grund, verdunkelte die Terrasse und neigte sich bei Sturm übers Haus – aber deswegen durfte man noch lange keine Axt anlegen. Auch mit einem Kanister Salzsäure, den er bei Nacht und Nebel zwischen ihre Wurzeln gekippt hatte, war ihr nicht beizukommen gewesen.

»Willst du etwas essen?« fragte ich, und er drehte sich um. Er war in dem Stadium, in dem man noch ganz klare Augen hat, wie ein Kind; früher fiel ich oft darauf herein. Er kratzte sich unter dem Hemd. »Wieso? Hab doch grad gegessen.«

Ich nickte, ging in mein Zimmer und setzte mich vor den Bildschirm. Ich bearbeitete damals Unfallberichte für eine französische Versicherungsgesellschaft, schlecht bezahlt und eigentlich ohne Termindruck, aber so etwas bringe ich gern hinter mich. Außerdem nervte mich Carls Geruch.

Doch er kam mir nach, blieb auf der Schwelle stehen. Das Fenster ging nach hinten raus, zum Garten, der voll vereister Kohlstrünke war, und von meinem Schreibtisch konnte ich bis zu dem Waldweg sehen, über den die Kleine gewöhnlich kam. Neben dem schmalen Bett und einem Regal für Bücher hatte nur noch Carls Gewehrschrank in dem Zimmer Platz, ein Erbstück aus Kirschholz und Glas, in dem er ein Dutzend Repetierer, Drillinge und Doppelbüchsen aufbewahrte. Angela und ich zahlten keine Miete. Ich starrte auf den Bildschirm und sagte wie zerstreut: »Ja? Was ist denn noch?«

Er steckte sich eine Zigarette an und blies den Rauch zu mir herüber, was an sich schon eine Frechheit war. Doch ich reagierte nicht. Ich tippte. Dann räusperte er sich. »Laß dich gleich in Ruhe. Mir fällt nämlich ein: Die Sintergrube muß gesäubert werden. Abgepumpt. Bevor es wärmer wird und stinkt. Und ich hab mir gedacht ... Naja, vielleicht könntet ihr euch mal beteiligen? Die nehmens ja vom Lebendigen, diese Kerle. Bin grad bißchen klamm.«

Ich tippte noch etwas. Dann drehte ich mich um, legte beide Hände auf die Schenkel, spreizte sogar die Finger. Es war mir plötzlich egal, ob er meine Nagelhaut sah, und ich sagte so ruhig und freundlich wie möglich: »Natürlich. Ist doch klar, daß wir uns beteiligen.« Er blies den Rauch zur Decke hoch, schien erleichtert. Doch sah er mich nicht an. »Übrigens haben wir das schon gestern besprochen«, fügte ich hinzu. »Erinnerst du dich nicht?«

Einmal hatte er meine Hand genommen, ganz sanft,

fast zärtlich, hatte sie am Gelenk emporgehoben, kurz betrachtet – und mir dann meine eigenen Finger ins Gesicht geschlagen. Jetzt rieb er sich den Nacken. »Ach so, stimmt.« Er blinzelte verlegen. »Na dann … Laß dich nicht stören. Muß noch Waidzettel schreiben.«

»Mach das«, sagte ich und drehte mich um. Meine Kehle war trocken, das Schlucken tat weh. Eine Krähe, die grauen Federn stumpf, die schwarzen wie poliert, pickte an einem Strunk. Nein, erst drehte ich mich um, dann sagte ich: »Mach das.«

Außerhalb der Kurperioden fuhr Carl nur am Wochenende Taxi. Ansonsten arbeitete er für die Förster in der Gegend. Er war Revierschoner, »Raubtier vom Dienst«, wie er das nannte, begleitete jagende Büromenschen und schoß auch schon mal Wild auf Bestellung. Vermutlich machte er viel Geld damit, denn natürlich rechnete er nicht jedes Stück mit dem Forstamt ab, schon gar nicht Rotwild. Er war ein guter Kerl, ehrlich war er; aber Hirsche, wenn er denn mal einen erwischte, verkaufte er fast immer schwarz. Man macht sich ja keine Vorstellung, was manche Männer für den Kopf eines Zwölfenders hinblättern. Carl hatte eine Warteliste. Dem Oberförster war das egal, der sagte immer nur: »Schafft mir das Geraffel aus dem Wald!« Rotwild richtet zu starke Verbißschäden an und schält im Winter Rinde ab. Außerdem verletzen Hirsche die Bäume, wenn sie sich den Bast wegscheuern, die samtige Haut über den neuen Geweihen.

Mit der Zeit kriegt man doch einiges mit. Früher hätte ich Kaninchen nicht von Feldhasen unterscheiden können, geschweige denn Rehwild von Rotwild. Doch

wenn die aufgebrochenen Tiere zum Ausbluten an
der Teppichstange hingen, hatte Carl uns die Unter-
schiede erklärt, und einmal war er sogar mit Angela auf
Fasanenjagd gegangen. Sie hatte gewürgt, als sie den
Vogel ausnehmen mußte; aber die Schwanzfedern hingen noch lange über ihrem Spiegel.
Wenn Wind mich nervös macht, merke ich erst nach
Stunden, daß er aufgehört hat. Die Spanplatten schlugen nicht mehr gegen die Rahmen. Die Bäume bewegten sich kaum, und vor den Waldrändern, auf dem
Schnee, lag ein Saum aus Zweigen, altem Laub und Rin-
denfetzen. Ich steckte die Brille weg, ging in die Küche
und machte mir einen Nescafé. Meine Dose war leer,
ich bediente mich aus seiner und zitterte womöglich; ich
friere immer. Jedenfalls fiel mir das körnige Pulver vom
Löffel, prasselte auf den Boden.
Carl hatte die Dielen erst vor kurzem lackiert, und
ich fuhr herum. »Verdammt nochmal! Kann ich hier
keinen Schritt tun, ohne daß du mir hinterher-
schleichst?«
Er lehnte im Türrahmen, sah mich nicht an. Er beulte
sich die Wange mit der Zunge aus. Die Arme vor der
Brust verschränkt, blickte er auf den Schlamassel zwischen unseren Schuhen; kaum mehr als eine Löffel-
spitze voll. »Ich lauf niemandem hinterher.«
»Na schön, dann kümmere dich um deinen Kram!«
sagte ich und suchte auf der Spüle nach dem Schwamm-
tuch. Doch er hatte es schon in der Hand, bückte sich
und begann, das Pulver vom Boden zu wischen.
»Herrgott, laß das!« Ich ging ebenfalls in die Hocke
und nahm ihm den Lappen weg. Doch er griff nach mei-

nem Handgelenk, starrte mich an. Die Narbe an seinem Hals war fast weiß. Fünfzehn Zentimeter, schlimm gezackt. Nichts, hatte der Oberförster im Krankenhaus gesagt, kaum etwas sei gefährlicher als ein waidwunder Hirsch. »Beim Keiler den Arzt, beim Hirsch den Bestatter.« Doch Carl war gleich nach dem Nähen ins Taxi gestiegen.

Ich trug eine Wolljacke mit Reißverschluß, und er blickte kurz mal dahin. Er hatte zugenommen in letzter Zeit, ein Jammer in dem Alter. Wahrscheinlich kriegt er einmal die feste, gegen Wind und Wetter schützende Fettschicht, die seine Kollegen haben. Und Schnapstrinkerwangen. Die Augen waren gerötet.

»Weißt du, was wir tun . . .« Er öffnete kaum den Mund, sprach durch die Zähne, und ich versuchte, mein Handgelenk aus seinem Griff zu drehen. Doch er war zu stark. »Weißt du, was manche Jäger machen, wenn sie ein Wild geschossen haben?«

Ich antwortete nicht, versuchte, ruhig zu atmen, blickte auf die Bartstoppeln an seinem Kinn. Eine einzelne graue war dabei.

»Wenn sie ganz allein im Revier sind, und das Reh liegt sterbend auf der Lichtung? Ihr denkt immer, wir sind Bestien. Aber das ist doch . . . Man steigt vom Hochsitz und geht langsam zu dem Tier. Es zittert und zuckt, schreit vielleicht, Krellschuß. Es stiert den Näherkommenden an. Sie schwitzen unglaublich, aber es stinkt kaum. Es riecht sogar gut. Stark. Der Todesschweiß . . . Sie dampfen in der Morgenkühle. Und weißt du, was manche Jäger dann machen?«

Ich weinte nicht. Ich bog den Kopf weg und sagte:

»Nein! Und ich will es auch gar nicht wissen. Du tust mir weh!«

Doch er ließ mich nicht los. Er stand auf, zog mich hoch; das Kaffeepulver knirschte unter den Sohlen. »Was?« Ich blies seinen Atem aus meinem Gesicht. »Natürlich tu ich dir weh.«

Er kam so nah heran, daß ich es fühlte. Alles. Er drückte die Stirn gegen meine Schläfe, doch ich konnte nicht weg, stand mit dem Rücken am Schrank. »Sie beugen sich herunter ...«, murmelte er, und nun lief mir das Wasser über die Wangen. Ich grub die Nägel tief ins Hautbett meiner Daumen. Er schluckte, wurde heiser. »Sie umfassen ihren Hals, wo die Schlagader pocht, rasend oder langsam, sie umfassen das Gesicht. So ein zartes Gesicht ... Du siehst alles in diesem Blick, den ganzen Wald. Und dann ...«

Er zitterte, küßte mein Ohr. Der Atem war heiß, als hätte er Fieber. Seine Tränen schmeckten nach Nikotin, und er legte die Arme um mich und flüsterte weiter in mein Haar hinein. – Ich verstand kein Wort mehr, nichts. Aber ich wußte, es war das Entscheidende. Jedenfalls für heute. Ich hob den Arm und streichelte seinen Rücken.

»Schließ ab«, sagte ich in seinem Zimmer und zog mir nur den Rock aus. Auch er ließ sein Flanellhemd an und wollte natürlich gleich zur Sache. Dabei war er noch gar nicht richtig da. »Moment, Freundchen!« sagte ich, drückte ihn zurück und zog ihm etwas an. Sein Gesicht war immer noch naß.

Er kam schnell, und als er ins Bad ging, starrte ich auf den Fernseher, den wir nicht ausgestellt hatten. Sie zeigten Bilder vom Elsaß, abgedeckte Dächer und verheerte Landschaften; aus der Luft sahen die Bäume wie Streichhölzer aus. Doch der Himmel in Paris war schon wieder blau, mit einem blassen Rund über der Kathedrale. Wir hätten es auch ohne tun können, fiel mir ein, fast Vollmond, und ich rief: »He! Wo bleibst du?«

Carl antwortete nicht. Ich nahm mir eine Zigarette und trat ans Fenster, an den Heizkörper. Bleigraue Wolken, lückenlos, ein seltsames Licht; als würde alles durch den Schnee erhellt. Man konnte bis zum Haus der Laumers sehen, uraltes Fachwerk. Eine der Tannen vom Waldrand war auf die Scheune gestürzt, gestern schon. Doch ihr Dach schien heil geblieben zu sein.

Weiter unten, in der Senke, rastete eine Schafherde, diese dunklen Tiere. Ich hörte, wie Carl die Spülung drückte, das Gurgeln der Pumpe, und dann stand er auch schon hinter mir, legte die Arme um meine Brüste. Ich steckte ihm die Zigarette zwischen die Lippen. »Nanu«, sagte ich und blickte mich aus den Augenwinkeln um. »Wird er gar nicht müde?«

Carl grinste, blies den Rauch durch die Nase. Er wurde immer schnell verlegen, jedenfalls in diesen Dingen. »Scheint so«, murmelte er, und ich drückte mich fester gegen ihn, streckte den Arm vor und zeigte aus dem Fenster. »Sag mal, was machen die Schafe da auf dem Acker? Fressen die … Schnee?«

Er hatte die Hand unter meinen Pullover geschoben, nahm eine Warze zwischen Daumen und Zeigefinger, gebrauchte sogar die Nägel. »Die was?« Ich mags schon gern, wenn es da brennt, biß mir aber nur auf die Lippe. – Doch plötzlich ließ er mich los, trat vor und zog an der Gardine. »Wieso Schafe?« Er kniff die Augen zusammen.

Die Scheibe beschlug vor dem offenen Mund. Seine Hautfarbe veränderte sich, die Narbe war kaum noch zu erkennen, und er rieb sich das Kinn und starrte mich an. Auch in den wirren Haaren sah ich erste graue, und er gab mir die Zigarette zurück, nahm sein Glas vom Schrank und sagte leise: »Hol deine Brille. Na los!«

Als ich wieder ins Zimmer kam, stieg er gerade in die Jeans. Die Boxershorts lagen noch vor dem Sofa. Und während er sich zuknöpfte und mit einem Fuß nach den Stiefeln angelte, ließ er das Feld nicht aus den Augen. Die Tannen ringsum bewegten sich kaum; ein paar der Wipfel pendelten im Wind, und die eine oder andere Böe blies etwas Pulverschnee hoch. Noch vor einer Stunde war es viel stürmischer gewesen.

Auch Fips schaute hinaus. Er war aufs Sofa gesprungen, hatte die Vorderpfoten gegen die Lehne gestemmt, und ich fragte mich, ob Teckel überhaupt so weit sehen können. Er wedelte mit dem Schwanz, die Nase zuckte, doch gab er keinen Laut von sich.

Den langen und krummen Spuren zufolge waren sie aus allen Himmelsrichtungen zu dieser Stelle gekommen. Im Frühling wurde es dort ein bißchen sumpfig; manchmal blieb sogar ein Traktor stecken; der Bauer dachte an Verkauf. Weit entfernt von den Rändern der Wälder, den Straßenbäumen oder jeder anderen Deckung standen unzählige Tiere eng zusammengerückt auf dem schneeverwehten Acker, eine riesige, graubraune Herde aus Rehen, Böcken, Damwild und Hirschen, und Carl nahm das Telefon vom Tisch, wählte eine Nummer.

Ich drehte an seinem Fernglas. Sogar ein Wildschwein, einen alten Keiler, konnte ich erkennen. Verletzt oder verkrüppelt, humpelte er um die Herde herum, als suchte er seinen Platz. Kaum eines der Tiere bewegte sich, die meisten hielten die Köpfe tief geneigt, und nur der eine oder andere Hirsch sah erhobenen Hauptes zum Waldrand hin, brüllte wohl auch. Atemfahnen wehten vor den Mäulern, die Haare darunter waren vereist.

Unwillkürlich zählte ich die Geweihe. Noch nie hatte ich so viele Hirsche gesehen, so große auch, und ich erinnerte mich an die Worte des Oberförsters: Daß man den Revierbestand nicht ganz ermitteln kann. Daß es immer Dunkelziffern gibt.

»Mein Gott!« sagte ich. »Guck dir das an. Da steht ein Vermögen ...«

Doch Carl antwortete nicht. Jedenfalls nicht gleich und nicht darauf. Er ging auch nicht zum Gewehrschrank. Er legte das Telefon wieder weg, blickte sich im Zimmer um. Seine Augen waren ganz klar, ein helles Blau, um Jahre verjüngt, und er schnallte sich den Gürtel zu und musterte die Deckenbalken, als sähe er sie zum ersten Mal.

»Wo ist die Kleine?«

Von Mond zu Mond

Er hatte sich beißen lassen, der dumme Hund, gerade, als Enosch den Käse verladen wollte. Die Pakete waren schon vernäht, und wie immer ermahnte er die Jungen, das Pech zu sieben, Wolle zu waschen und Kräuter gegen den Maulbrand zu kochen. Da hörten sie die Hunde, und Enosch wußte, sie hatten wieder eine. Bei den großen war das kein Grund zur Sorge, sie wußten, wie man Nattern ermüdet, wie man sie packt und ihnen den Kopf abbeißt gleich hinter den Drüsen. Aber die kleinen, die oft noch über die eigenen Pfoten stolpern oder beim Trinken in die Quelle fallen, waren einfach nicht schnell genug.

So auch der Stromer, den er am See gefunden und mit Milch gefüttert hatte. Der war geboren für die Berge, lange Hinterläufe, kräftiger Hals, und ein gutes Gesicht hatte er auch. Brauchbare Hunde waren selten, und er nahm ihn mit; das heißt, er verscheuchte ihn nicht, als er ihm und der Herde folgte. Mühsam. In dem steilen und dornigen Gelände mußte er dann auf den Esel gesetzt werden, und vielleicht hatte Enosch ihn dabei zu freundlich angesehen. Jedenfalls kroch er an dem Abend unter seine Decke, leckte ihm die Hand, fuhr ihm um den Bart und gab ihm liebevoll die Hälfte seiner Flöhe ab.

Nun jaulte er, daß einem die Zähne schmerzten, und Obed und Nathan töteten die Schlange mit ihren Stökken und hielten ihm den Kleinen hin. Der Biß in der Mulde zwischen Brust und linkem Vorderlauf, dort wo das Fell nur dünn war, blutete nicht. Ein schlechtes Zeichen, sagte Nathan, ein gutes, entgegnete Obed, und sie blickten ihn an. Doch Enosch, so alt er denn schon war, wußte es immer noch nicht. Mein Gott, mal war es ein gutes, mal ein schlechtes Zeichen, und er saugte die Wunde aus und spuckte das Gift in den Staub.

Der Kleine zitterte, wimmerte; Enosch sah sich um. Die anderen kämpften um die Schlange, rissen sie in Stücke, und es war sinnlos, ihn hier zu lassen; er würde weiter mit ihnen herumtollen und sich schwächen, bis er starb. Und die Jungen, froh, endlich allein zu sein mit ihren Mädchenträumen, würden Wein trinken, würfeln und ihn sterben lassen. Doch die Wunde mußte ausgesaugt werden, immer wieder, das Tier im Quellwasser gekühlt, und Enosch wischte sich die Haare von den Lippen und steckte es kurzerhand ein. Sein Mantel war groß, ein halbes Zelt; in jeder Tasche gab es Platz für einen Rundlaib Brot.

Es wurde spät, die Sonne sank; man durfte den Vollmond nicht verschenken. Der Esel schnaubte, er freute sich auf den Weg, auf die faulen, mit Hafer vermengten Feigen am Ende des Wegs, und trottete, kaum hatte er einen Klaps gekriegt, mit seiner schweren Last voraus. Wie Enosch vermutet hatte, verzogen sich die Wolken; sie verziehen sich meistens, wenn Lerchen steil aus den Bäumen steigen, und als er nach einer Stunde auf dem gegenüberliegenden Hügelrücken anlangte, war die Nacht sternklar und hell wie ein Tag, durch blaues Tuch betrachtet. Dabei war der Mond noch gar nicht aufgegangen. In der Ferne erkannte Enosch das Lager, die verschwenderischen Burschen hatten natürlich zwei Talglichter angezündet, und höher, am Hang des Vorgebirges, brannte die Kochstelle der Schweinehirten. Es war still, und als der Esel stehenblieb, um etwas Gras zu fressen, glaubte Enosch das leise knöcherne Geräusch zu hören, das die Würfel auf den Steinplatten machten.

Es wurde kühl, die Tücher über dem Käse blieben feucht, und der Hund in Enoschs Tasche schien zu schlafen. Vorsichtig legte er ihm die Hand auf die Rippen und fühlte das leise Zittern, den Beginn des Fiebers. Wenn der Kleine das durchstand, war alles gut, dann würde er ein fabelhafter Hirtenhund werden und sich nie wieder von einer Schlange beißen lassen. Im anderen Fall würden ihn Jairus' Schweine fressen.

Wenn der noch welche hatte nach all dem Schmerz in letzter Zeit ... Teuer sind die Ärzte, teuer ist die Medizin, und sein Mädchen, zwölf Jahre, ein Kind wie Milch und Kohle, wird ihm doch nicht wieder gesund. Da hilft kein Gott, kein gefiederter Geist und auch keine Herde am Hang.

Der Mond ging auf, ein riesiges orangerotes Rund, das schnell über die Zypressen stieg. Die hohe Last schwankte, der Ledergurt knarrte, Geröll klickerte unter den Hufen des Esels, und Enosch mußte an Joel denken, den Sohn des Zadok, der von dem Besessenen aus den Grabhöhlen erzählt hatte: Von seinem bösen Geist, und wie der in die Schweine gefahren sei.

Irgendwo rief ein Nachtvogel seinen immer gleichen traurigen Ruf, in dem das ganze Tal war, Hügel, Flußbett, Mond, und der doch ohne Antwort blieb. Zunächst sollten es zehn Schweine gewesen sein, dann hundert, und am Ende gar zweitausend. Aber Enosch kannte Zadok, den Säufer, wahrscheinlich hatte er drei oder vier besonders fette Tiere ins Geröll gejagt, so daß sie keinen Tritt mehr fanden und in die Schlucht stürzen *mußten* – gleich neben das Weinfaß seiner Komplizen ... Und dann ist es wieder der böse Geist gewesen, den irgendein Prophet in die Säue getrieben hat.

Der Mond war jetzt gelb und blaß, aber immer noch sehr groß, und der Esel furzte, denn es ging bergauf. Trotz der schweren Last beeilte er sich, witterte wohl die Quelle auf dem Hügel, und auch der Hund in der Manteltasche wurde rege. Er fühlte sich warm an, fast heiß, seine Nase war trocken. Zwei Elstern flogen durch das Mondrund, lautlos und in gerader Linie, und Enosch blieb stehen, lehnte seinen Stock gegen eine Zypresse, breitete die Arme aus und spuckte in die Himmelsrichtungen. Elstern bei Nacht, ein schlechtes Zeichen, und er nahm das Tier aus der Tasche und saugte noch einmal die Bißstelle aus.

Der Esel stand bereits an der Quelle und trank, und Enosch, während er darauf zuging, kniff die Augen zusammen. Er sah schlecht in letzter Zeit, besonders nachts, aber er hatte Ohren wie ein alter Fuchs und kannte die Schattierungen der Stille. Kein Halm, kein Zweig der Ölbäume bewegte sich, nicht einmal der breite Strahl, der mit dem Glanz der Nacht ins Becken fiel, machte ein Geräusch, und Enosch blieb stehen. Saß dort, halb von dem Esel und seiner Last verdeckt, jemand auf dem Steinrand?

Er grüßte, erhielt aber keine Antwort, trat einen Schritt neben den Weg, und nun sah er eine Hand, die langsam durch das Wasser fuhr, so, als wollte sie etwas von dem Licht herausschöpfen, das sich darin spiegelte. Enosch, den jungen Hund vor der Brust, tastete nach dem Messer, was dumm war, er wußte es selbst. Der Esel wäre nicht an die Quelle gegangen, hätte der dort Böses im Sinn; nicht dieses Tier, dem sich halb Galiläa mit Beulen und Striemen ins Fell geschrieben hatte, bevor es zu Enosch gekommen war.

Der grüßte erneut, trat näher, und wieder antwortete der Fremde nicht. Er betrachtete die eigene Hand und wie das Wasser von den Fingern tropfte, und Enosch ging um einen Ölbaum herum und setzte sich an das Becken, gleich neben die Steinrinne, und trank. Dabei ließ er den anderen nicht aus den Augen, einen jungen Mann, wie es schien, doch konnte er nur die zarten Hände und die untere Hälfte des Gesichts erkennen, den dünnen Bart. Er trug einen Mantel, der vornehm aussah, fein gewebter Stoff, womöglich Seide, wahrscheinlich blau, und am Rand der Kapuze, die einen Teil des Gesichts überschattete, gab es einen dünnen, matt schimmernden Saum, vielleicht eine Kordel. Doch ein Höfling war er sicher nicht; niemand aus dem Palast des Herodes ging barfuß durch die Nacht, schon gar nicht hier, im Tal der Nattern.

Enosch hielt den Hund unter den Wasserstrahl, doch der öffnete die Augen nicht, war zum Trinken zu erschöpft. Die Zunge zwischen den Zähnen, winselte er leise, wie im Traum, und der Hirte tauchte ihn bis zum Hals ins Wasser und schwenkte ihn behutsam hin und her. Fieber, sagte er zu dem Fremden, der den Kopf ein wenig hob und zu lächeln schien. Ein Schlangenbiß. Er wird wohl sterben.

Der andere nickte, sagte nichts, und Enosch schob zwei Finger in das Maul des Hundes, so daß er trinken mußte – und sich auch schon verschluckte und etwas Schleim erbrach, eine grauweiße Schliere, die langsam zum Beckenende trieb, an dem Fremden vorbei.

Wieder der Nachtvogel, die immer gleiche Frage über Hügel hin, wieder keine Antwort. Und weil der Vogel nur diesen einen Ton pfeifen konnte – ein Ton, den man ungefähr nachahmte, indem man die Daumen zusammenlegte und durch die Lücke in die Handhöhlung blies –, war alle Trauer und alle Zärtlichkeit der Welt darin. Der Fremde stand auf, schien in den Himmel zu blicken; vager Glanz in den Augenschatten. Und mit einer Stimme, in der eine andere Gegend mitklang, eine südlichere, sagte er leise: Es gibt nur das Leben, oder? Niemand stirbt.

Dann wendete er sich ab, ging rasch davon. Leicht der Schritt in dem langen Mantel, kaum Staub zwischen den Bäumen, und eine Weile betrachtete Enosch das Mondlicht auf dem Wasser, als hätte der dort es vergessen.

Das also war er. Mit sanfter Stimme soll er Seltsames sprechen und in schönen, gesitteten Kleidern gehen, er, der einst zwischen Verwesenden gehaust und die Frauen und Kinder vor den Grabhöhlen entsetzt hatte mit seinem Kreischen und der schmutzigen Nacktheit; der nicht zu fesseln gewesen war, weder mit Stricken noch mit Ketten, und sich und die Legionen böser Geister in seinem Herzen gegeißelt und gesteinigt hatte, bis er vor Blut und Eiter zum Himmel stank.

Und jemand kam, trieb die Dämonen in die Schweine. Enosch stand auf, sah ihn den Hang hinuntergehen und rief: He da! Hier wäre Brot und Käse. Und auch etwas Wein! Doch der andere unterbrach seinen Abstieg nicht, hob dankend eine Hand und war im nächsten Moment außer Sicht.

Enosch aß und trank und versuchte, auch den Hund zu füttern. Vergeblich. Als er eines der Lider hochzog, war die Pupille dahinter trüb, fast weiß, und wieder tauchte er den Kleinen ins Wasser und schwenkte ihn vorsichtig hin und her. Dann steckte er ihn zurück in die Tasche, befeuchtete die Tücher, in die der Käse gewickelt war, und gab dem Esel einen Klaps.

Nun ging es zügig fast nur noch bergab, und wann immer sie an eine Wegkreuzung oder Kehre mit Aussicht kamen, suchte Enosch die Gegend nach dem Mann im Mantel ab. Doch er sah ihn nicht, auch nicht, als es langsam dämmerte und überall im Tal die Hähne krähten. Der Esel witterte den Hof und ging ungeachtet der Last so schnell, daß es gefährlich wurde. Noch waren sie nicht in der Ebene, noch konnte man sich den Hals brechen am Hang, und Enosch packte den Schwanz des Tiers und zog daran, bremste es mit ganzem Gewicht.

Dabei riß ein Lederband, die Sandale schlappte ihm vom Fuß, vom linken, ein schlechtes Zeichen. Und als er den Esel zum Stehen gebracht hatte und sich bückte, um den Riemen neu zu knüpfen, roch er das Feuer. Feigenholz. Gleichzeitig schlugen Hunde an, das Lasttier hob den Kopf, und der Kleine in seiner Tasche winselte leise. Enosch legte ihm eine Hand auf die Rippen, beruhigend, und fühlte, wie er ihm die Finger leckte. Die Zunge war trocken und rauh wie die einer Katze.

Kein Landmann macht Feuer mit Feigenholz. Und diese Hunde waren kaum Hirtenhunde; sie klangen nach Hetze, nach Blut, und Enosch spähte durch die Reihen der alten Oliven, konnte aber nichts und niemanden sehen. Er packte den Esel beim Zaumzeug und zog ihn vorsichtig weiter.

In der Turmruine, der alten Zollstelle, vor der alle Wege und Pfade aus dem nördlichen Naftali mündeten und wo man seit Jahren nicht mehr kontrolliert wurde, biwakierten Soldaten. Ein Dutzend vielleicht, Römer. Eng in ihre Kamelhaardecken gewickelt, lagen sie kreuz und quer im taufeuchten Gras, und nur einer hob den Kopf, als Enosch näher kam. Er brummte dem Wachmann am Feuer etwas zu und drehte sich weg, um weiter zu schlafen. Nur noch Asche rauchte in dem Erdloch, Laub und ein paar dünne Feigenäste, zu grün um zu brennen. Zwei Hunde waren an den geplünderten Baum gebunden, knurrten den Esel an, und der Soldat, der auf einem umgedrehten Holzeimer saß, hob einen Stock. Winselnd sanken sie ins Gras.

Hast du Wein? fragte er, und Enosch nickte und zog den Lederbeutel unter dem Mantel hervor. Der Soldat betrachtete ihn mit müden, entzündeten Augen und stocherte in der Asche herum. Öffne ihn. Ein Murmeln nur, und er zog den Pfropf ab und hielt ihm den Beutel hin. Der Mann goß sich einen Strahl in den Mund, der voll fauler Zähne war, verschluckte sich, verzog das Gesicht. Er lehnte den Schlauch so an den Holzeimer, daß er nicht auslaufen konnte. Und was ist das? Auf dem Vieh?

Enosch knüpfte eines der Tücher auf, nahm ein faustgroßes Stück Käse und zupfte etwas Gras davon ab. Der Söldner probierte einen Bissen, aß schmatzend, biß noch einmal ab und warf den Rest vor die Hunde. Muß in die Lake, murmelte er, und der Hirte nickte, wollte etwas über die Reifezeit sagen, über das Salzen je nach Mond, da wies der andere auf die Straße, ein wortloses: Weiter!

Einen Moment lang überlegte Enosch, ob er um den Schlauch bitten sollte; es war ja kaum noch Wein darin. Dann steckte er den Holzpfropf in die Tasche, grüßte und zog an der Leine. Doch der Esel sträubte sich, hatte Angst vor den Hunden, und er beschimpfte ihn durch die Zähne, raffte das Gewand und trat ihm in die Flanke. Übrigens ... Der Soldat spuckte aus. Hast du jemanden gesehen in den Bergen? Diesen Wunderheiler mit den abgeschnittenen Ohren?

Enosch schüttelte den Kopf. Er griff dem Tier in die Nüstern, zog es weiter, und endlich lief es wieder frei. Als er in die Nähe des Dorfes kam, stand die Sonne schon hoch, doch die Tücher waren noch feucht, und Jairus würde zufrieden sein. Nichts verloren – nicht wie im vorigen Monat, als ihm nach einem Fehltritt des Esels die halbe Ladung in die Schlucht gefallen war. Aber einen neuen Weinschlauch zu bekommen, das würde schwierig werden, Jairus würde ihn einmal mehr einen gottlosen Menschen nennen, Trunkenbold, Bock, und das war manchmal nicht falsch. Dennoch: von all den Schafen, die der Gemeindevorsteher ihm anvertraut hatte im Lauf der Jahre, war noch keins verlorengegangen. Abgesehen von denen, die an Maulbrand starben. Und das war doch wohl einen Weinschlauch wert.

Vor der letzten Wegbiegung, noch bevor Enosch das Dorf sah, hörte er die Flöten, Knochenflöten, und ehe er den ersten Menschen zu Gesicht bekam, sah er den Staub. Der stieg aus den Gassen auf wie Rauch, hüllte die niedrigen Häuser ein und vernebelte den See und das Ufer, an dem so viele Boote lagen, wie sonst an Markttagen nicht. Zehnmal so viele.

In den Gassen drängten sich Menschen und Tiere, alle schien es in eine Richtung zu ziehen, zum Brunnenplatz vor der Synagoge, zu dem auch Enosch mußte. Doch sah er sofort, daß er den Esel nicht durch diese Menge bekam, man würde ihm die Ladung zerdrücken, herunterreißen womöglich. Also führte er das Tier noch einmal zurück und um den Friedhof herum, wo tatsächlich weniger Menschen gingen. Auch aus dem Weinberg kamen sie, den Olivenhainen, dem Kürbisfeld, und Enosch wagte nicht zu fragen, was sie in die Dorfmitte zog. Vermutlich ein Feiertag, nicht der erste, der ihm entgangen war; sein einsamer Berg dort hinten war höher als das höchste Fest. Martha würde es ihm schon sagen.

Vor ihm gingen zwei Feldarbeiter, sie hatten ihre Geräte, Sense, Hacke, Spieß, geschultert und unterhielten sich leise. Doch laut genug für Enosch, der nun zwischen den Knochenflöten, ihrem Geschrill hinterm Haus, eine einzelne aus Kupfer unterschied. Was für ein fauler Zauber! sagte der eine, der mit der Sense. Berührt sein Gewand und ist geheilt. Das hätte die Frau auch bei mir haben können!

Sie gingen an der Mauer entlang, die bereits zu Jairus' Grundstück gehörte. Sein Begleiter schüttelte den Kopf. Blutfluß! Von wegen. Im letzten Frühjahr, in den Feigen, war davon keine Spur. Da flossen ganz andere Säfte. Das hat mir Zadok erzählt, dieses Schwein ...

Er ist der *Hirte*, berichtigte der andere, und grinsend bogen sie ab, ins Dorf. Die Flöten wurden lauter, der Esel kam aus dem Tritt, schrammte mit der Ladung an der Mauer entlang, scheute vor der Schwelle zum Gehöft. Denn auch das war voller Menschen. Es schienen Hunderte zu sein, die sich da zwischen den Ställen und dem Leibhaus drängten, aufgeregt durcheinander sprachen und die Hälse reckten, und Enosch fragte den Nächstbesten, was um Himmels willen denn passiert, was dort zu sehen sei. Und erfuhr, daß die Tochter des Gemeindevorstehers, ein Engel von einem Kind, ein Mädchen wie eine Lilie und endlich gesund seit der vorigen Woche, daß Jairus' Freude plötzlich – ein verblassendes Lächeln, ein jähes Fieber – gestorben sei.

Darum also die Knochenflöten, die vielen Menschen im Hof und auf den Dächern der Schuppen und Scheunen, und Enosch zog den Esel hinter das Waschhaus, wo Berge schmutziger Leintücher lagen und niemand war, und band ihn an das Tor des Schweinestalls. Gut ein Dutzend Tiere standen darin, was ihn überraschte. Also mußte Zadok im Dorf sein, und von dem hatte er noch Geld zu bekommen seit dem letzten Würfelspiel. Und wenn er nicht zahlen konnte, der Gauner, was wahrscheinlich war, würde er ihm vielleicht seinen Weinschlauch überlassen … Eine gute Aussicht, und er begann, den Käse abzuladen.

Er legte die Säckchen auf das Tragbrett neben der Tür, wobei er ins Schwitzen kam und seinen Mantel auszog. Die Schweine steckten witternd ihre Schnauzen durch das Gatter. Nur eines kam nicht näher, blieb in der halbdunklen Ecke des Stalls und starrte regungslos vor sich hin. Jemand hatte ihm beide Ohren abgeschnitten, und froh über den geglückten Weg und übermütig nach durchwachter Nacht, fragte Enosch: Hoh, mein Freund, wo sind deine Lauscher? Hast du die beim Würfeln verloren?

Das Tier rührte sich nicht, ein Speichelfaden lief ihm aus dem Maul, und nachdem der Käse abgeladen war, nahm er eines der Säckchen und klopfte an die Küchentür. Niemand öffnete ihm, und er klopfte noch einmal, horchte. Nichts. Die Tür war verriegelt, und er überquerte den kleinen, mit Tonscherben ausgelegten Hof zwischen Wohnhaus und Wirtschaftsteil, wo Schlachtzeug gelagert wurde, Leitern, Wannen, Äxte.

Hier war Enosch noch nie gewesen. Er stolperte über einen Mehlkasten, fast leer; doch auf der dünnen Bodenschicht lag eine Blüte. Hier gehörte er nicht hin. Der schmale Gang, von Wicken überwachsen, war düster, und er klopfte an eine Tür und rief nach Martha. Ohne Antwort. Es begann nach Salben zu riechen, nach Ölen, Essenzen und sauberen Zimmern, nach Frauen eben, und als er weiterging in dem grünen Dunkel, tastend zwischen Krügen und Truhen, bliesen die Musikanten, die wohl auf dem Dach standen, immer schriller – ein Spiel, das Engel frieren ließ. Und jäh verstummte.

Enosch kam sich angerufen vor von der plötzlichen Stille. Er drehte sich um. Nur leise, nur als Gemurmel hinter dem Haus drang der Lärm der vielen Menschen herüber, und unwillkürlich trat er einen Schritt zurück vor dem Mann am Ende des Ganges. Der war groß, hatte einen starken Bart, trug ein sauberes Gewand und hielt einen Mantel über dem Arm. Ein Fremder, der seinen Gruß nicht erwiderte, ein Ausländer vielleicht. Er machte den Eindruck, auf jemanden zu warten, und Enosch erschrak vor dem Blick des Mannes, vor der selbstgewissen Strenge in seinem Gesicht. Kein böser, im Gegenteil, ein guter Blick. Aber gefühllos gut. Er öffnete die nächste Tür und trat ins Haus.

Hier hatte er die Wäschekammer vermutet, Marthas anderen Arbeitsbereich, vielleicht auch ein Bad – nicht jedoch diese Blumen, das Zwielicht, die Tauben im Gewölbe, nicht die vielen Menschen, die in der gegenüberliegenden Tür und vor den offenen Fenstern standen und in den Raum blickten, regungslos, als könnten sie irgend etwas nicht fassen. Wein auf einem weiß gedeckten Tisch, Fläschchen mit Salböl, Tücher, Binden, und Martha, in der Hand eine Kerze, deren Flamme man kaum sah in dem staubigen Sonnenstrahl, die kleine dicke Martha, sonst nicht aus der Ruhe zu bringen, außer man naschte ihre Datteln – sie zitterte so, daß ihr Wachs auf die Finger tropfte, aufs Küchenkleid. Doch fühlte sie das wohl nicht, erwiderte auch nicht Enoschs Blick, sah ihn kaum zwischen Wand und Leinenschrank, hatte nur Augen für das Kind, das noch zarter, noch blasser schien als sonst. Und für den, der an seinem Lager stand. Einer Tür auf Böcken.

Keiner draußen wagte, über die Schwelle zu treten, alle verfolgten stumm, wie das Mädchen sich aufrichtete, blinzelte, schluckte; wie Benommenheit aus den Zügen der Kleinen wich, die nun die Wände, Vasen, Lilienschatten, die Teppiche und ihre Eltern anblickte, als sähe sie alles zum ersten Mal. Sogar ihre eigenen, gesalbt unter dem Tuchsaum hervorschauenden Füße schienen sie zu erstaunen. Das Schweigen war wie jene zweite Luft, in der die Geister atmen, und der Mann an ihrem Lager trat langsam zurück und ließ sie doch nicht aus den Augen. Den Kopf etwas geneigt, blickte er sie an, ohne auch nur ein Lid zu rühren. Als könnte ein Wimpernschlag etwas zerreißen. Noch zwei andere waren im Raum, kräftige Kerle, Fischer vielleicht, die standen nah bei ihm, und schließlich durchzuckte etwas die Mädchenbrust, sie hustete, schluckte wieder, und lächelnd drehte er sich um. Habe ich es nicht gesagt? Sie schlief.

Ein schlanker Mann, dem knochigen Gesicht und der Sprachtönung nach ein Nazarener, und obwohl er vermutlich so alt war wie Enosch, Mitte der Dreißig, gab es in seinem langen, im Nacken zusammengebundenen Haar kein graues. Er trug ein sackfarbenes Gewand ohne Taschen, jedoch keine Sandalen, und seine Hände waren nicht die eines Arbeiters oder Hirten. Sie waren schmal und lang und reinlich unter den Nägeln. Das konnte er jetzt sehen, denn auf ihn, auf Enosch zeigte er, auf den eingenähten Käse, den er in der Armbeuge hielt, und in seinem Lächeln, so schien es, war etwas von dem Mondlicht der vergangenen Nacht. Das Mädchen muß essen! Gebt ihm zu essen.

Enosch trat näher. Jairus' Tochter aber, die Haut so fahl wie das dünne Hemd, rang leise nach Luft. Sie stützte sich auf die gestreckten Arme und starrte den Nazarener an, schwitzend, zitternd, und der Mund war plötzlich der einer Frau und wollte lachen oder weinen – was wollte er? Und welcher Blick war das, was brannte in den schwarzen Augen? Noch einmal neigte sich der Fremde vor, legte ihr eine Hand auf die Schulter, ganz kurz nur, ganz sanft, und dann überschritten die ersten die Schwelle, traten ins Zwielicht, und Jubel und Hochrufe wurden laut.

Kinder sprangen vom Fensterbord ins Zimmer und drängten sich um das Lager, und die beiden Begleiter stellten sich sofort hinter den Nazarener, der nun zu der Tür ging, durch die Enosch gekommen war, in den Gang zwischen Wohn- und Wirtschaftstrakt. Dort wartete jener Bärtige, den Mantel ausgebreitet, und er schlüpfte hinein, ohne sich noch einmal umzusehen. Man zog ihm die Kapuze über den Kopf und führte ihn rasch davon.

Und Jairus und seine Frau umarmten sich, umarmten ihr Kind, und Martha weinte und kam mit Gebratenem und Brot, die Fladen wurden naß. Enosch legte den Käse auf den Tisch, zwischen die Binden und Tücher und Tiegel voll Öl, draußen machte man Musik, alle lobten Gott, und auch das Halleluja schwamm in Tränen.

Ein Wunder, murmelte Martha, während sie rasch hin und her lief mit Milch und Eingemachtem, immer wieder: Ein Wunder! Und Enosch wagte nicht zu widersprechen, das hätte ihn um Fleisch und Wein gebracht, von einem Schlauch ganz zu schweigen; und vielleicht durfte er ja heute nacht in der Küche schlafen, neben dem Ofen. Er ging durch den Gang voller Schlachtzeug, um endlich das Tier zu versorgen. Der Lärm hier, die Trommeln und Zimbeln machten ihn unruhig, seine Ohren schmerzten, und obwohl es doch warm war und alle schwitzten, die Sonne stand im Zenit, wurde ihm kühl.

Ein Wunder! Natürlich hatte sie geschlafen, tief, vielleicht sogar der Ohnmacht nahe, und dieser Fremde hatte sie geweckt, das war alles. Aber wenn das schon ein Fest ergab, sollte es ihm recht sein. Er nahm dem Esel das Traggestell ab und führte ihn in den Stall. Dort verrührte er zwei Scheffel Hafer mit einem Scheffel fauler Feigen und schüttete alles in die Krippe. Und während das Tier fraß, bürstete er ihm den Staub aus dem Fell.

Denn sagt man zu einer ehemals Toten, zu einer, die zurückkommt ins Leben, was dieser Nazarener nah an ihrem Ohr geflüstert hatte? Leise, sehr leise, das ja, aber Enosch hörte wie ein alter Fuchs, Enosch kam aus den Bergen, wo die Stille nach jedem Schritt anders klingt. Und der Fremde, nach einem Blick in die Augen des Mädchens, in denen wer weiß was glomm, hatte sehr deutlich geflüstert. Jedem mochte das entgangen sein – ihm nicht. Es war ein Flüstern ohne Stimme gewesen, fast nur Atem, aber das Mädchen hatte einmal kurz die Lider geschlossen. Und dann war der Mann plötzlich fort.

Vergib mir … Martha schüttelte den Kopf, als er es erzählte in der Nacht, nach vielen Bechern Wein, und

nannte ihn Spötter und gottlosen Kerl. Und als er darauf bestand, rückte sie von ihm ab mit ihren dicken Hüften, stellte das Geschirr zusammen, löschte das Feuer. Du stinkst, sagte sie. Geh in den Stall!
Er hatte aber Vergib mir! geflüstert. Und Enosch nahm den neuen, prallvollen Schlauch und legte sich neben den Esel. Trotzdem fröstelte er, und als er sich mit seinem Mantel zudeckte, fiel ihm der Hund ein. Vorsichtig langte er in die Tasche. Wieder jener Ruf, wie in den Bergen, und Enosch dachte daran, daß er noch nie im Leben einen Nachtvogel gesehen hatte. Nie. Der Hund war kalt und wurde schon steif, und er stand noch einmal auf, trug ihn über den Hof, wo hier und da Betrunkene schliefen, warf ihn den Schweinen in den Trog. Und als er auf dem Rückweg stehenblieb, um in die Jauche zu pissen, rief der Nachtvogel erneut, etwas dringlicher jetzt, und nach einer Weile erhielt er Antwort vom waldigen Ende des Tals. Es klang wie ein Ruf von Mond zu Mond. Die sehnsuchtsvollen, unsagbar zarten Töne wiederholten sich in immer kürzer werdenden Abständen, bis beide Vögel ein paar Herzschläge lang gleichzeitig riefen. Dann trieben sie wieder auseinander, klangen weit, immer weiter voneinander entfernt und waren schließlich verstummt.

Hast du Mäuse?

Die Decke war dünn und eigentlich auch zu kurz. Sie hatte im Laufstall meiner Schwester gelegen. Ich fror schlimmer als in den letzten Nächten, und diese verdammte Decke war ein Witz. Durch den Spalt der Eingangsplane schien das Feuer, das Stinki unterhielt. Ein glutroter Streifen beleuchtete das Stroh auf dem Boden. Die halbe Klasse lag hier, vierzehn Jungen in Schlafsäcken und dickem Wollzeug. Keiner fror, alle schliefen, und ich zitterte wie blöde und hielt die Zähne nur mit Mühe zusammen.

Der Arzt hatte meiner Mutter Leber verordnet, rohe Leber, kleingehackt, und sie träufelte gerade Zitronensaft darüber, als ich mit der Liste kam. »Das kannst du dir wohl selbst zusammensuchen ...« Dann kniff sie die Augen zusammen und löffelte den Brei. Ich erinnerte mich genau: *Eine* Decke, hatte da gestanden, ein Laken, robuste Schuhe, Taschenlampe für Nachtwanderungen und so weiter. Und wir hatten auch nur diese eine Decke, außer dem Bettzeug.

Ich fühlte ein Kratzen im Hals, Schmerzen beim Schlukken und dachte an Krebs und solche Sachen. Ich wichste, um weniger zu frieren, hörte aber mittendrin auf und nahm meine Windjacke vom Haken. Sie war aus Nylon und so dünn, daß man fast durchsehen konnte.

Trotzdem zog ich sie an. Draußen dämmerte es. Die ersten Vögel legten los, und dann schlief ich doch noch ein.

Kabine weckte mich mit einem Tritt, der Sack. Die Frühstückseier waren der reinste Glibber, wie immer, der Muckefuck lauwarm, und noch bevor wir eine rauchen konnten, fuhr der Bauer mit dem Trecker vor und fragte: »Wer will auf den Sitz?«

Er hielt uns eine Trillerpfeife hin, ein chromblankes Ding, und ich hob die Hand. Stinki stand neben mir, zog an meiner Jacke. »Tu das nicht!« Er kannte sich aus, sein Vater war mal Bauer gewesen, ganz in der Nähe, und hatte pleite gemacht; er arbeitete jetzt im Walzwerk. Aber ich wollte nicht auf ihn hören, nicht vor den anderen. Ich war müde und dachte, ich könnte noch eine Runde pennen in der Eisenschüssel.

Die hing so hoch, daß mir komisch wurde. Beim Klettern rutschte ich ab, schrammte mir das Knie, und natürlich grölten alle, Kabine am lautesten. Zum Festhalten hatte ich nur einen Eisenpinn, und als der Trekker die Maschine, einen Garbenbinder, anzog, gab es einen Ruck – fast wäre ich runtergeflogen, in das Gestänge von dem Monstrum. Meine Beine waren zu kurz für das Trittbrett, die Füße baumelten in der Luft, und tief unter mir schnitten die Messer den Weizen wie nichts.

Ich saß so, daß ich die Garben übers Förderband auf die Stoppelerde rutschen sah. Wenn eine nicht richtig gebunden war, mußte ich pfeifen. Dann stoppte der Bauer, stieg vom Trecker und band sie mit der Hand. Oder er stellte irgendwas an der Maschine nach.

Feiner Lenz, könnte man meinen. Aber es staubte wie Sau, ich kriegte kaum Luft da oben und hatte nichts zum Trinken, keinen Schluck. Und der Acker war tükkisch. Immer wieder fuhr die Maschine durch ein Hasenloch oder was, und ich hing schräg im Himmel und mußte mich festkrallen an dem Sitz. Und der war hart; ich spürte jeden Knochen in dem Gerappel.

Außerdem hatte der Bauer mich auf dem Kieker. Wenn ich mal eine lose Garbe übersah, weil ich grad zum Waldrand guckte – er entdeckte sie garantiert, sobald wir auf der nächsten Bahn zurückkamen. Dann hielt er an und schiß mich zusammen. Das heißt, er schüttelte den Kopf. Aber es passierte immer öfter, und plötzlich drohte er mir mit dem Fäustel und schrie: »Das ist alles Brot!« Als ob ich das nicht selbst wüßte.

Abends, nach dem Gottesdienst, der Milchsuppe und den Kartoffelpuffern, war ich so müde, daß ich sofort einschlief. Ich hatte alle Hemden und Unterhemden an und mir eine Zeitung unter den Pullover geschoben. Aber irgendwann nachts wurde ich doch wieder wach, wahrscheinlich von meinem Zähneklappern. Ich zitterte am ganzen Körper und hustete unter der Decke, um die anderen nicht zu stören. Die schnauften und schnarchten wie gottverdammte Wursthamster, und ich versuchte wieder einzuschlafen.

Früher dachte ich mir dazu schöne Sachen aus, meine Traumstadt zum Beispiel. Jeder hatte ein kleines Haus, ein Pferd und einen Hund. Die Gärten waren gleich groß, und die Bewohner waren immer friedlich und hatten alle denselben Haarschnitt. Das malte ich mir aus und schlief dann oft schon ein, bevor ich bei der

Einrichtung der Häuser war. Jedenfalls besaßen alle ein Radio mit einer Leuchtskala voller Städtenamen, Kiew, Riad, Ulan-Bator. – Aber in letzter Zeit dachte ich meistens an Krieg. Es würde bald Krieg geben. Mein Opa war dreizehn gewesen, als der erste Weltkrieg kam, mein Vater dreizehn, als der zweite losging, und ich war auch schon zwölfeinhalb. Doch ich würde mich gleich erschießen lassen, damit ich nicht so lange frieren mußte in den Schützengräben.

Dann hielt ich es nicht mehr aus. Ich wickelte mir die Decke um die Schultern und schlich vors Zelt. Stinki saß auf einem Baumstamm und stocherte in der Glut. Er trug eine Trainingshose und ein kurzärmeliges Hemd und schien überhaupt nicht zu frieren. Dabei hing sein Hüftspeck raus, man konnte die Arschfalte sehen. Er grinste, hob eine Hand und murmelte: »Hast du Mäuse?«

Das war so ein Spruch in unserer Clique, den durfte er eigentlich nicht benutzen. Verbot von Kabine. »Hast du Mäuse?« – »Nee, Sackratten!« war die Antwort, und dann schlug man die Fäuste in der Luft zusammen. Eine Losung, sozusagen. Doch ich antwortete nicht.

Ich setzte mich auf den Stamm, auf eine Stelle ohne Rinde, und holte meine Kippen raus, eine Fünfer-Pakkung. Stinki wollte keine, sehr gut. Er hielt mir einen Zweig mit glühender Spitze hin. Als ich mir Feuer nahm, zitterten meine Finger, aber das war mir egal. Hinter den Flammen sah man den Altar. Er stand auf einem Erdhügel und war aus Birkenstämmen gezimmert. Morgens und abends wurden bestickte Decken darübergelegt, und eigentlich waren die Gottesdienste nett wie Krätze. Trotzdem gingen immer alle zur Kommunion – weil die Hostien so gut schmeckten. Die waren nicht aus Eßpapier, wie bei uns, sondern groß und knusprig, fast wie Chips oder Knäckebrot.

Die sechs Zelte standen im Halbkreis um Altar und Feuerstelle herum. Ich pennte in Nummer eins, und der Dicke, obwohl in unserer Klasse, war mittlerweile in fünf. Keine Mannschaft hielt es lange mit ihm aus. Sie hatten ihn schon verprügelt, mit Lederfett eingerieben und ihm eine Kröte in den Schlafsack gesteckt, solche Sachen. Und jetzt machte er freiwillig Lagerwache, ohne Ablösung. Er schlief neben dem Feuer.

»Guck mal«, sagte er. »Ein echtes Schweizermesser!« Er sprach immer so schnorchelig, als hätte er die Nase voll Rotz. Das Ding war nicht echt, aber ich nickte und rauchte und sagte nichts. »Hat Neuschl mir für meine Wolldecke gegeben. Jetzt soll mal einer kommen. Dem ramm ich den Korkenzieher rein!«

Mir wurde überhaupt nicht warm, und ich sagte: »Können wir den Stamm mal näher ans Feuer rollen?«

Doch er schüttelte den Kopf, legte noch einen Holzscheit auf. »Du mußt mehr essen«, sagte er. »Gute Butter, Rahm. Dann hast du auch was auf den Rippen und frierst nicht so schnell. Habt ihr schon einen Fernseher?«

Ich nickte. »Phillips.«

Er tippte sich an die Brust. »Loewe-Opta. Kennst du *Am Fuß der Blauen Berge*? Ich seh das jeden Samstag.« Er summte die Melodie und stocherte in der Glut. Funken flogen hoch, wirbelten in den Wald. »Und weißt du, wen ich am liebsten mag?«

»Na, wen schon!« sagte ich. »Den dicken Hoss natürlich.«

Stinki stieß etwas Luft durch die Nase. Wenn er traurig war, sah er irgendwie besser aus. Mit dem glühenden Stock tippte er ein paar Halme an; sie brannten wie Zündschnüre runter. »Hätte nicht gedacht, daß du wie die anderen bist«, murmelte er. »So'n Blödmann ...«

Mir wurde mollig. »Na und? Warum sollte ich *nicht* wie die anderen sein.«

Er zuckte mit den Schultern, und ich drehte mich um, damit das Feuer meinen Rücken wärmte. Der Wald hinter den Zelten war schwarz, und ich sah weder Mond noch Sterne. Auch keine Tieraugen oder so.

»Jedenfalls sagst du nicht Stinki zu mir. Du bist der einzige, der mich Harald nennt. Und wenn sie mich zusammendreschen, machst du auch nicht mit.«

Ich drückte die Kippe aus. »Bis *jetzt* nicht«, sagte ich. Mein Kreuz wurde warm, und ich gähnte. »Aber du miefst wirklich. Du stinkst zum Himmel. Wie ranziges Fett.«

Er steckte sich irgendwas in den Mund und sagte schmatzend: »Weiß ich doch! Kann aber nichts dran machen. Das ist organisch. Stoffwechsel.«

»Quatsch!« Ich drehte mich um. »Du kannst dich doch waschen, Mensch!«

»Tu ich ja.«

»Tust du nicht! Nur morgens ein bißchen, um die Augen rum.«

»Und die Hände!«

»Aber nie nach dem Scheißen! Ich habs gesehen. Du kommst vom Donnerbalken und frißt schon wieder

Mohrenköpfe oder was. Ohne den Wasserhahn auch nur anzugucken!«

Er schluckte. »Naja ... Du mußt aber auch zugeben, daß es saukalt da rausschießt, das Zeug. Bin sowas nicht gewohnt.«

Ich setzte mich ins Gras. Meine Füße waren jetzt nah vor der Glut, und im Rücken hatte ich den dicken Stamm, wie eine Sofalehne. Schloß ich die Augen, war es noch eine Weile rot hinter den Lidern. In der Nähe heulte ein Uhu, oder wie die Vögel heißen.

»Eigentlich bin ich kein starker Esser«, murmelte Stinki. »Ich müßte weniger trinken, *das* ist es. Dieses süße Gesöff. Was meinst du, wieviel Zucker in einer Flasche Limo steckt. Aber du brauchst doch Flüssigkeit!« Und plötzlich rauschte es hinter uns, und irgendwas flog am Feuer vorbei. Ein Riesenvieh. Man konnte die unteren Federn erkennen, die Krallen sogar.

»Meine Fresse!«

Ich sprang auf. Der Dicke stocherte in der Glut. »Ohne Flüssigkeit bist du verloren.«

»Was war *das*?!« fragte ich. Doch er schaute mich verständnislos an, hatte schon wieder was im Mund, und ich breitete die Arme aus. »So ein Oschi! Und eine echte Maus im Griff!«

Er nickte nur. Ich klappte die Kapuze seines Schlafsacks auf. Hostien lagen darin, Dutzende; manche waren dick mit Buko bestrichen, und ich schob mir eine in den Mund und sagte: »Na gut. Wie spät?«

Er blickte auf seine Uhr, eine Taucheruhr; dabei konnte er nichtmal schwimmen. »Gleich zwölf.«

»Okay.« Ich streckte mich aus. »Wir wechseln uns ab.

Stündlich. Wenn du was hörst, weck mich. Ansonsten um eins.«

Und dann war ich auch schon weg. Tiefschlaf. Zum ersten Mal seit Tagen fror ich nicht, und Haralds Geruch war kein Thema in der Luft. Ich träumte von Bäumen, die ganz aus Hirschgeweihen bestanden, von riesigen Vögeln, die sich auf mich drauflegten und mich wärmten mit ihren Federn, und dann sagte jemand »blaue Seife«, immer wieder »blaue Seife«, und das war witzig im Traum. Es durchperlte mich wie Sauerstoff, und lächelnd wurde ich wach.

Das Feuer rauchte nur noch, und der Himmel war ein bißchen dunkler grau als der Rauch. Das zertretene Gras, die Zeltleinen, die Birkenrinde an dem Altarkreuz – alles funkelte, und auch auf dem Steppzeug, mit dem ich bis zur Nasenspitze zugedeckt war, zitterten kristallklare Tropfen.

Die Laute der Vögel kamen mir silbern vor. Ich drehte mich auf den Rücken und schaute hoch. Am Rand des Himmels, zwischen den Tannenspitzen, erschienen die Gesichter der anderen. Ihre Haare waren voller Strohhalme und standen kreuz und quer. Einige hatten noch die Zahnbürste in der Backe, Schaum vor dem Mund, und alle machten große, erstaunte Augen oder zogen die Brauen zusammen.

Nur Kabine nicht. Der grinste und schüttelte langsam den Kopf. Er hatte sich schon seine Wasserfrisur verpaßt und bewegte kaum die Lippen, als er sagte: »Nicht zu glauben ...«

Ich gähnte, rieb mir das Gesicht und versuchte, schlau zu werden aus der Situation. Ich lag auf meiner Decke, soviel war klar. Doch ich lag auch unter diesem verdammten Schlafsack. Er war auseinandergeklappt, und ich dachte daran, daß ich Wache schieben sollte, im Stundentakt. Aber ich hatte keine Wache geschoben – oder konnte mich nicht daran erinnern. In meinem Rücken fühlte ich den Stamm, die Stelle ohne Rinde; doch irgend etwas stimmte hier nicht. So weich war kein Baum, und ich sprang auf. »He, du Pfeife! Was soll das? Du wolltest mich wecken!«

Stinki verkroch sich unter der Decke, das heißt, er versuchte es. Ich zog sie weg, und er kniff die Lider so fest zusammen, als wollte er durchsichtig werden. »Aua! Laß mich. Muß doch auch mal pennen.«

»Aber nicht während der Wache!« schnauzte ich, und Kabine verschränkte die Arme vor der Brust und sah uns neugierig an. Ich wußte genau, was er dachte.

»Du hast dich einfach neben mich gelegt! So war das nicht abgemacht!« Ich trat Stinki ins Kreuz, aber nicht wirklich stark. Ich hatte Stoffschuhe an. »Glaubst wohl, ich bin schwul, du Sack!«

Er hielt die Augen immer noch geschlossen und sagte: »Nein. Wieso denn. Aber dir war doch kalt. Du hast gezittert.«

»Mein Zittern geht dich einen Scheiß an!« schrie ich, und Kabine grinste noch dreckiger.

Er steckte sich den Kamm in die Socke. »Er hat vor *Geilheit* gezittert.« Die anderen lachten, und er beugte sich vor und zog die Nase kraus, als röche er an mir. »Und dann habt ihrs getrieben, was?«

»Du kannst mich mal«, sagte ich, und schon hatte ich was am Kinn. Seine Leute schleiften mich durch die

Asche und quer über den Platz. Ich trat und spuckte, meine Jacke zerriß, und wahrscheinlich hätten sie mich über den Donnerbalken geschmissen, wenn nicht der Kaplan aufgetaucht wäre. Er schlief auf dem Gutshof, Rheuma, und hatte eine Dose frisch gebackener Hostien dabei.

Nach der Morgenmesse fing es an zu regnen, und beim Frühstück im Pferdestall wurde die Tagesarbeit verteilt. Auch der Kakao war lauwarm, und ich fror schon wieder und hatte keine Lust, beim Kuhtreiben mitzuhelfen, obwohl es lange Regenmäntel mit Kapuzen gab. Ich meldete mich zum Dreschen, wie die meisten. Da hatte man ein Dach überm Kopf, und in der Genossenschaftsscheune konnte man sich prima verdrücken und eine rauchen und so. Manchmal fand man Pariser da oder Schnipsel von FKK-Magazinen.

Als wir rausgingen, hielt der Kaplan mich an der Schulter fest. »Du bist blaß. Was ist mit deinen Augen?«

»Nichts«, sagte ich. »Hab schlecht geschlafen.«

Er befühlte meine Stirn. Seine Hand war weicher als die meiner Mutter. »Hast du Fieber?«

»Er hat Sackratten!« sagte Neuschl im Vorübergehen, und der Priester grinste und drohte ihm mit dem Finger. Ich stieg auf den Anhänger. Wir zogen uns die Plane über die Köpfe, und der Bauer schmiß den Trecker an und fuhr zur Feldscheune raus.

Größer als unsere Kirche war das Ding, und man hatte die Garben bis unters Dach gestapelt. Normalerweise wurden sie auf dem Acker getrocknet. Doch der Sommer war zu feucht; dann können sie noch mal austreiben, und die Ernte ist hin. Also wurden sie in der

Scheune gelagert. Das hatte mir Stinki erzählt, der ja vom Land kam, und ich mußte an Tulpen in der Vase denken und wie sie, eigentlich tot, immer noch weiter wachsen, richtig die Hälse recken. Da hatte ich zum ersten Mal dieses Zittern gekriegt.

Die Garben waren im Verbund gestapelt, akkurat, das sah wie eine riesige Treppe aus, und mehrere Leute, hauptsächlich Kinder, bildeten eine Kette vom Dachgebälk bis hinunter zu den beiden Dreschmaschinen. Die waren über Riemen mit Treckern verbunden, die draußen liefen, der Abgase wegen, und sie ratterten, daß einem die Ohren welkten. Hinter ihnen standen prallgefüllte Säcke, und daneben wurde das Stroh gebündelt und auf Leiterwagen gepackt.

Ich verschwand erstmal im Geräteraum, um meine letzte Zigarette zu rauchen. Doch als ich um die Ecke kam, wäre ich fast aus den Schuhen gekippt. Fünf Hunde sahen mich an, drei davon riesig, mit triefenden Augen und Sabber vorm Maul, und ich wollte schon zurück. Aber sie waren friedlich. Ein paar Bauernjungen hockten auf den Kisten und Kanistern und pafften, und Stinki, einen Doppeldecker mit Fleischwurst in der Faust, zeigte ihnen stolz sein neues Messer. Er sprach Platt, ich verstand kein Wort, aber einmal sagte er etwas über mich. Jedenfalls drehten sie die Köpfe, und einer nickte mir zu und hob grüßend die Hand; er trug einen Hut mit einer Fasanenfeder. Doch ich rührte mich nicht aus meiner Ecke. Ich sah an ihnen vorbei und ließ den Rauch durch die Nase raus.

Vielleicht wars auch nur eine Hühnerfeder. Dann kam ein Mann in Gummistiefeln in den Raum, fluchte und schimpfte, und alle drückten ihre Zigaretten aus oder warfen sie durch das vergitterte Fenster. Er hatte einen Jagdhund dabei, band ihn zu den anderen, und sie kläfften und fielen übereinander her, aber nur im Spiel. »Und du?« fragte der Bauer. »Hast du dir die Hosen zugebunden?«

Ich sagte nichts. Ich trat den Stummel aus, ging in die Scheune und reihte mich irgendwo oben ein. Leichter Goldglanz lag in der Luft. Unter mir stand Kabine, und ich warf ihm die Garben schneller zu, als er sie fangen konnte. Er kickte das Zeug mit dem Fuß weiter, und der Anpfiff, den er endlich kriegte, schepperte lauter als die Drescher.

In der Mittagspause hockten wir uns auf die Körnersäcke. Es gab Erbsensuppe mit Bauchfleisch, und mir wurde schon vom Hinsehen schlecht. Auf meinem Blechteller wabbelte so ein Riesenstück, pures Fett mit angebrannter Schwarte, und ich löffelte die Suppe ringsum weg und wollte es dann zu den Hunden bringen. Doch ein Bauer sagte: »Die bleiben bissig.« Ich wußte nicht, was er meinte, setzte mich wieder, und Stinki nahm mir das Stück weg, teilte es mit seinen Freunden.

»Ist übrigens kein Schweizermesser«, sagte ich, und alle sahen mich an. Ich zeigte auf den roten Griff. »Ein echtes hätte da ein Kreuz.«

Nach der Pause kam noch eine Dreschmaschine. Durch das offene Tor sah man den Regen, doch die Scheune war voller Staub, und ich kröchte mir fast die Lunge raus. Mir wurde schwindelig, und manchmal glaubte ich ein schwarzes Huschen zwischen den Halmen zu sehen, eine Giftschlange oder was. Außerdem stachen einem diese feinen Dinger, die Grannen, Unterarme und Finger wund. Doch die Bauernkinder lachten, sangen oder pfiffen, und je näher wir dem Erdboden kamen, desto vergnügter klang es.

Am Nachmittag gab es Stuten mit Butter und Marmelade, und nachdem ich gegessen hatte, ging ich raus, unter das Vordach, und kaufte Neuschl eine halbe Kippe ab. Stinki half den Frauen, die leeren Kessel und Tabletts ins Auto zu bringen, und als er uns rauchen sah, hob er einen Zeigefinger. »Bindet euch die Hosen zu . . .« Dabei grinste er blöde, und ich knurrte: »Verpiß dich!«

Dann blies jemand auf einer Trillerpfeife, und wir gingen rein. Die Keilriemen wurden von den Maschinen genommen, die riesigen Tore zugeschoben. Neonlampen flackerten auf, und die Knechte holten Forken aus dem Geräteraum, Spaten, Schaufeln, Knüppel; ein Bauer kam mit den Hunden. Die rissen ihn fast um, jaulten, hechelten, sprangen in die Luft, und Stinki schleifte einen Weidenkorb zwischen den Dreschern hervor und öffnete den Deckel.

Es mußte irgendwelche Absprachen gegeben haben während meiner Zigarettenpause. Auch Neuschl sah sich ratlos um, reichte eine Forke an mich weiter, und dann machten wir eben, was alle machten. Auf ein Kommando hin schoben wir die Zinken unter die letzte Lage des Getreides, hoben sie an und schleuderten die Garben über die Schulter nach hinten, wo sie von anderen weggerafft wurden.

»Jou, did fette Leben is nu ut«, rief einer der Bauern,

und die anderen lachten. Fast alle schwitzten, und ich haßte es, so alt zu sein, wie ich war; aber ich fand es auch furchtbar, daß man als Erwachsener anfängt zu riechen. Unzählige Leute arbeiteten auf jeder Seite der Scheune, irgendwo in der Mitte würden wir uns treffen – doch zunächst einmal blieben wir stehen, jedenfalls die meisten von uns. Die aus der Stadt.

Garben fielen in der Luft auseinander, wie Blitze aus Stroh sah das aus. Es regnete Staub und Häcksel, und die Hunde, plötzlich losgelassen, jagten zwischen den Säcken hervor. Einige Männer klatschten in die Hände; ich spürte einen Stock oder was zwischen den Schulterblättern, kniff die Augen zusammen, stieß die Gabel unters Getreide und schaufelte weiter. Die Zinken knirschten in der festgestampften schwarzen Erde, und mit jedem Schwung legte ich ein neues Maus- oder Rattennest frei und wollte nicht wissen, was hinter mir geschah.

Doch ich sah es ja vor mir, das Geprassel von Spaten, Knüppeln und Äxten. Die Nager hüpften kreuz und quer zwischen den Prügelnden herum, manche sprangen mehr als meterhoch, weiter hinten sah das wie ein Flohtanz aus, und die Frauen kreischten. Alle hatten Blut an den Schuhen, Flecken auf den Kleidern, und die Schaufelblätter glänzten vor Blut.

Aus dem Weidenkorb, nach einigem Zögern, waren Katzen gequollen, unzählige, wie eine Flut aus Fell. Sie wühlten sich fauchend unter die Garben oder fingen die Mäuse in der Luft, wobei sie große, starre Augen machten, wie die Stofftiere meiner Schwester.

In weniger als zehn Minuten war der riesige Hallenboden freigelegt, und viele der Nager hockten in ihren Erdmulden und rührten sich nicht: Als könnten sie es nicht fassen, das plötzliche Licht, den Lärm, den Geruch nach Blut und Gekröse, als dächten sie, unsichtbar zu sein vor Entsetzen. Meine Hosenbeine waren voller Spritzer, und ich blickte auf eine ganze Mausfamilie hinab, alle eng aneinandergeschmiegt in einem der Löcher, nicht größer oder tiefer als die, die wir früher mit dem Absatz in den Sand gedreht hatten, fürs Murmelspiel. Ich sah das schwärzliche Fell, das rosige Innere der Ohren, die kleinen Nasen und winzigen braunen Augen der Jungen, die zu mir hochschauten – eine Sekunde bevor Stinki seinen Spaten daraufklatschen ließ.

Ich schmiß die Forke weg und rannte zu einem Schiebetor. Doch der Knecht, der dort Wache hielt, wollte es nicht öffnen, nicht einen Spalt, und ich kotzte das Gemenge aus Erbsensuppe und Marmeladenbroten in die Ecke, während Mäuse und Ratten die geteerten Bretterwände hochrannten, abrutschten und wieder hochrannten, Hunderte, bevor sie von Knüppeln und Schaufeln getroffen wurden. Das Getrommel tat in den Ohren weh.

Ich drehte mich um. Aus den Augenwinkeln sah ich ein einzelnes Bein, das an der Wand klebte, ein winziges Bein, das sich noch bewegte. Ein Hund, dem ein Rattenschwanz aus dem Maul hing, schleuderte das tote Tier mit einer Kopfbewegung weg, setzte der nächstbesten Katze nach, und dann fühlte ich es.

Zuerst dachte ich an Stoff, an Wolle oder Sackleinen. Oder auch an das Zeitungspapier, an Reste, die ich vergessen hatte. Dann fiel mir Flüssigkeit ein, zähes Sekret, auf der Haut getrocknet, so daß die verklebten Härchen sich losrissen bei jedem Schritt. Eine Frau, die ihren Rock zwischen den Schenkeln zusammengeknotet hatte, rief mir etwas zu, lächelte mich an. Ich wischte mir das Erbrochene vom Kinn.

Meine Augen tränten, die Knie waren noch weich, und ich betastete mich vorsichtig, wie nach etwas Verlorenem. Unfaßbar war es und doch deutlich da. Jede Berührung bewirkte ein Rucken und Rennen unter den Kleidern, und ich erstarrte. Der Junge mit dem Hut lief an mir vorbei. Er hatte sich Zweige in das grüne Band gesteckt, das Gesicht war erhitzt, und er schüttelte seinen Spaten wie einen Speer.

Sie steckten überall. Ich spürte ihr Fell und ihre kleinen Krallen in den Hosenbeinen, im Hemd, in der Wäsche, und meine Socken waren ausgebeult, als hätte ich Geschwulste an den Fesseln. Sogar im Nacken fühlte ich etwas und dachte an das Markenschild meines Pullovers. Aber der hing ja im Zelt. Ich machte keinen Schritt mehr, weder vor noch zurück, biß die Zähne zusammen, preßte die Lippen aufeinander und hatte nur eine Angst: Daß sie mir irgendwie in den Mund, die Nase, den Hals gelangten und ich an ihnen ersticken würde. Darum wagte ich nicht zu schreien. Ich blickte mich nach den anderen um.

Im hinteren Teil der Scheune wurde schon aufgeräumt, Stahlbesen ratschten über den Boden. Die schwarze Erde klebte an den Kadavern, die man mit kräftigen Stößen auf einen Haufen kehrte. Hunde und Katzen hockten in den Ecken und fraßen, was herumlag, und noch einmal wurde eine Dreschmaschine angeschmissen, für die letzten Garben.

Und endlich kamen Leute. Stinki und seine Freunde waren vergnügt. Sie hatten sich die Ärmel hochgekrempelt, die Hosenbeine mit Draht und Sackband zugebunden oder die Säume in die Socken gestopft, und er grinste breit und sagte:»Na? Was ist?«

Schweiß lief mir über die Lippen. Doch ich machte den Mund nicht auf, kniff sogar den Hintern zusammen, hielt die Arme vom Körper weg, und der Dicke kratzte sich den Hals. Die Nagelränder waren schwarz, und er kam so nah, daß ich seinen Atem roch. Er hatte Schokolade gegessen.

»Was ist denn, mein Kleiner?«

Die Kumpel grinsten, und er ließ seine Zunge über die obere Zahnreihe gleiten. Dann holte er aus, mit der Linken, doch nur zum Schein. Er schlug mir die Rechte ins Kreuz, und vor Schreck verlor ich etwas Urin. Ein kurzes Rucken in der Wäsche, ein Fiepen vielleicht, dann wieder Ruhe. Jetzt zitterte ich – aber war das mein Zittern? Die anderen hatten uns umstellt, ich preßte die Augen, in denen das Salz brannte, fest zusammen, und es tat nicht weh, als sie mich abklopften mit ihren Handrücken, mir vor die Brust und in den Bauch boxten; auch nicht, als Stinki mich gegen die Wand drückte, sich an mir rieb und zwischen meine Beine griff mit seinen dicken Fingern.

»Hast du Mäuse, Süßer? Hast du Mäuse?«

Es tat überhaupt nicht weh.

Oktober

Ihr Hund hieß Oktober. Es war eine Promenadenmischung, honigfarben, scheu und eigentlich zu wild für das Haus. Lieber blieb er im Garten, einem kleinen Park unter Linden, und in der ersten Zeit, während der stillen, endlosen Nachmittage über den Büchern, kam sie sich fast beschenkt vor, wenn sie das Geräusch seiner Pfoten auf dem Parkett hörte.

Sie war viel allein seit der Hochzeit. Trotzdem brauchte sie keinen Zeitvertreib, nicht wirklich; sie schrieb ihre Dissertation. Auch einen Wachhund benötigte man hier kaum. Alles war bis ins Kleinste gesichert, und die nächste Polizeistation in Dahlem ließ sich mit einem Knopfdruck alarmieren. Doch der Hund machte die großen, ach so edel ausstaffierten Räume irgendwie … menschlicher.

»Das täten Kinder auch«, sagte ihr Mann einmal, und sicher, sie wollte ein Kind, vielleicht auch zwei. Doch jetzt noch nicht. Mein Gott, sie war vierundzwanzig, sie hatte Zeit, oder? Auch wenn Frederik, der gerade die Firma seiner Eltern übernommen hatte, neuerdings von »unserem dynastischen Problem« sprach. Das sollte witzig klingen. Es war aber nicht so gemeint.

Sie hatte Zeit. Ungewöhnlich heiße Tage lagen hinter ihnen, und wer nicht in die Ferien gefahren war, hielt

Fenster und Terrassentüren weit geöffnet. Auf dem Nachbargrundstück blühten Rosen in allen möglichen Farben, und wahrscheinlich hatte Frau Conzen sie schon in aller Frühe gesprengt. Hier und da funkelten noch Wassertropfen in der Sonne, die so stark durch die Blätter schien, daß die leicht gekalkte Erde darunter voll gelber und roter Flecken war.

Dinah mochte die Frau. Sie und ihr Mann waren etwa sechzig, und sie hatten drei Kinder, die alle schon woanders lebten; die beiden Söhne waren Juristen in Hamburg, die Tochter arbeitete auf dem Bau. Doch die Conzens schienen sich immer noch zu mögen, sprachen sich jedenfalls nie mit Schatz oder Liebling an, hielten einander bei den Händen, wenn sie spazierengingen, und küßten sich, bevor sie in ihre Autos stiegen und in verschiedene Richtungen davonfuhren.

Sie waren sehr reich; er hatte einen Doktortitel, verkaufte medizinische Apparate. Doch an ihrem Haus, einem cremefarbenen Betonbau aus den Siebzigern, gab es immer etwas zu reparieren oder zu streichen – was Herr Conzen mit Vergnügen selbst machte. Kahlköpfig, gedrungen und vital, nannte er sich gern eine Urberliner Pflanze. Aber das war er wohl nicht.

»Laß dir umarmen, Kleene!« sagte er, wann immer Dinah ihn traf oder sich etwas von ihm auslieh, denn er war stets hilfsbereit; ohne ihn und seinen Werkzeugkasten wäre sie schon manches Mal in Not geraten – etwa nach dem Sturm Anfang Mai, während Frederiks Australien-Reise, als ein riesiger Lindenast auf die Dachterrasse geschlagen war. Und wenn Herr Conzen seine Wange an ihre legte, griff er ihr unter die Achseln wie einem Mädchen, dem man über den Zaun helfen will. Mit den Handballen berührte er ihre Brüste.

Seine Frau schien das nicht zu sehen. Trotz der Jahre, der mürben Haut und der Falten um Augen und Mund war sie sehr attraktiv, eine Klasse für sich, und der Hauch von Oberlippenbart gab ihrer sonst so weiblichen Ausstrahlung etwas Ironisches. Gleich am Morgen ihrer Ankunft hatte sie ihnen Salz und Umzugsbrot mit einem eingebackenen Pfennig über den Zaun gereicht und sie noch für denselben Nachmittag zum Tee eingeladen. Und im Gegensatz zu ihrem Mann hatte sie nicht gelacht, als Frederik auch bei der Gelegenheit seinen öden Witz riß, ihre Dissertation betreffend. Denn wann immer sie gefragt wurde, was sie tue, ob sie ihrem Gatten in der Firma zur Seite stehe oder sich ganz dem Haushalt widme, sagte er gewöhnlich: »Sie macht grad ihren Taxischein.« Allenfalls gelächelt hatte Frau Conzen, mit einem Mundwinkel nur, und dann waren die Männer im Keller verschwunden, wo es ein neuartiges Zigarrenlager gab, einen begehbaren Humidor.

Mit dem Fingernagel umriß Dinah den Schatten der Glastasse auf dem Tisch. Frau Conzen schenkte ihr Tee ein und fragte nach der Hochzeit, die sie in Sehestedt gefeiert hatten, auf dem Gehöft ihrer Eltern, und während sie zuhörte – eine etwas einschüchternde, hell strahlende Aufmerksamkeit –, blickte sie kurz einmal auf Dinahs Bauch. Sie selbst hatte in Venedig geheiratet, »vor Ewigkeiten«, und sie nahm sich ein zweites Stück Kuchen vom Tablett und sagte mit einem etwas verschämten, aber auch stolzen Lächeln, daß ihr immer noch das Brautkleid passe. »Unglaublich, oder? Wollen Sie es sehen?«

Dinah nickte höflich, legte die Serviette weg, und schon während sie die breite Treppe ins obere Stockwerk hinaufstiegen, knöpfte sich Frau Conzen die Manschetten ihrer Bluse auf. In dem Schlafraum, in dem es keinen Fernseher gab, roch es nach Lavendel, und sie öffnete einen Wandschrank, in dem nichts als ein Frack und das Brautgewand hing, leicht vergilbte Spitze. Sie warf es mitsamt der Plastikhülle aufs Bett, stieg tonlos flötend aus den Jeans, und Dinah trat ans Fenster und blickte über den Garten hinweg in ihr eigenes Schlafzimmer, wo die Betten noch nicht gemacht waren und ihre Wäsche, weinrotes Satinzeug, an der Schranktür hing. Sogar Frederiks hastig aufgerissene Schachtel konnte sie erkennen.

Oder war das ihre Schokolade? Sie erschrak von dem Geräusch, das die Zähnchen des Reißverschlusses hinter ihr machten. Frau Conzen breitete die Arme aus, drehte sich in einem Streifen Sonnenlicht, und Dinah nickte, lächelte und sah im Spiegel hinter der ergrauten Frau: falsch und verkrampft.

Die Hitze nahm einem den Atem, schon im Juni. Sie war wie ein zu enges Hemd. Man lebte bei weit geöffneten Fenstern, und an einem Sonntag gegen zehn hörten sie es dann zum ersten Mal. Sie tranken Kaffee und lasen Zeitungen im Bett, und Frederik blickte ein bißchen knurrig in den Kommentarteil. Gerade hatte sie ihm gesagt, daß sie sich zum Geburtstag einen Hund wünsche, was er zunächst so arg nicht fand. Er las weiter, machte einige Vorschläge, und erst als sie darauf bestand, keinen Pointer oder Retriever, keinen rassigen Reiche-Leute-Hund, sondern einen ganz gewöhnlichen zu wollen, eine Promenadenmischung, verdunkelte sich seine Miene. Und dann hörten sie es.

Es war Herr Conzens Stimme, nicht sehr laut, doch eindeutig, ein fast melodiöses Klagen, und Dinah legte die Zeitung beiseite und trat ans Fenster. Bei den Nachbarn bauschten sich die Gardinen, doch zu sehen war niemand, und sie drehte sich nach Frederik um. Irgend etwas an den Lauten verschlug ihr den Atem. »Was ist das?« fragte sie flüsternd. »Was macht der? Singen? Ist das Gesang?«

Ihr Mann trank einen Schluck aus seiner Tasse und zuckte mit den Schultern, ohne aufzusehen von seinem Blatt. Doch war ihm irgend etwas unangenehm, vielleicht sogar peinlich; die Augenlider zitterten. In seinen kurzen dunklen Haaren hing eins von ihren blonden. »Was soll das schon sein«, murmelte er schließlich und hob den Kopf. »Du kannst vielleicht fragen ... Das ist der Ruf der Wildnis, Gänseblümchen!«

»Der was?«

»Die *vögeln*!«

Sie drehte sich um, blickte noch einmal hinüber, sah aber nur einen Schimmer hinter der Gardine, den Frisierspiegel vielleicht, die Silberrahmen der Kinderfotos. Herr Conzen stöhnte jetzt lauter, es klang leidend und genußvoll zugleich, und sie drückte das Fenster zu, legte sich wieder aufs Bett und griff nach der Zeitung. Doch las sie nur scheinbar weiter.

So etwas hatte sie noch nie gehört, nicht von einem Mann. Aber sie hatte auch noch nie mit einem anderen als Frederik geschlafen, und der war still, wenn sie sich liebten; er schnaufte höchstens ein bißchen und knirschte an einem bestimmten Punkt mit den Zähnen. Sie schmunzelte. Einmal aber hatte er gefurzt – und sich augenblicklich dafür entschuldigt. Und ihr hielt er den Mund zu, sobald sie zu laut wurde, jedenfalls wenn Frau Lee, ihre Hilfe, noch nicht gegangen war. Oder wenn sie im Hotel übernachteten.

Frau Conzen fiel ihr ein, die heitere Ruhe, die sie ausstrahlte, und wie flink sie in das Brautkleid geschlüpft war, eine Frau, die glücklich schien mit ihrem Körper, trotz der Jahre, trotz der großen Narbe auf dem Bauch, und Dinah schmiegte sich an Frederik und fragte leise: »Was meinst du … Ob wir auch noch miteinander schlafen, wenn wir so alt sind?«

Doch er sah sie nicht an, schien ganz vertieft in seine Lektüre und murmelte: »Sicher.« Dann blätterte er weiter. »Sowas hört nie auf.« Und sie fühlte ihren Mund trocken und die Augen feucht werden und drehte sich um.

Die Sonne verschwand kurz hinter Wolken, der warme Wind drückte das Fenster wieder auf, doch nebenan war es still geworden. Frederik räkelte sich, gähnte. Er legte das Sonntagsblatt weg, rückte eng an sie heran, Löffelstellung, und als sie kurz darauf seinen regelmäßigen Atem im Nacken spürte, gab sie sich keine Mühe mehr, die Tränen zurückzuhalten. Dabei wußte sie kaum, warum sie weinte. War er nicht schön, dieser Stolz: Ein Leben lang in das Brautkleid zu passen, das man als Zwanzigjährige getragen hatte? Schön und schrecklich zugleich. Und sie betrachtete Frederiks

Hand auf ihrer Hüfte, eine starke Hand mit langen Fingern, die leise zuckten im Schlaf.

Ihr Hund hieß Oktober. Sie war ins Tierheim Lankwitz gefahren und hatte sich sofort in das kluge und ängstliche Gesicht verliebt, in die schwarzbraunen Augen, die hellen, um die Schnauze herum abstehenden Haare und die kleinen Schlappohren, die natürlich anders hießen, wie ihr Mann sie belehrte.

Rosenohren. »Um so besser«, hatte sie gesagt, und es war in den ersten Tagen mit dem Tier, es war an einem Sonntagmorgen gewesen, als Dinah hochfuhr aus ihren Kissen und momentlang nicht mehr wußte, wo sie sich befand. Sie hörte ein entferntes Winseln und blickte auf die Uhr. Auch Frederik war wieder eingeschlafen nach dem Kaffee, und sie gähnte, schmeckte etwas Bitterem nach. In der Ecke lagen immer noch ein paar unausgepackte Geschenke, auf dem Tisch standen Weinflaschen, leer, und die üppig aufgeblühten Lilien in der Vase stanken.

Mittlerweile war es nichts Besonderes mehr. Sie hatten sich daran gewöhnt, wie man sich an das Plätschern eines Wasserspiels oder den Lärm eines Kinderhorts auf dem Nachbargrundstück gewöhnt, und sie schlossen nicht mal mehr die Fenster, wenn es begann. Die Regelmäßigkeit hatte etwas Rührendes, und Dinah ertappte sich dabei, daß sie es letzten Endes auch beruhigend fand: Mit derselben Konsequenz, mit der Frau Lee in die Kirche ging, Frederik dreimal wöchentlich seine Hanteln stemmte oder sie ihren Yoga-Kurs besuchte, fand im Haus der Conzens die Liebe statt – und zwar jeden Sonntagmorgen gegen zehn.

Es dauerte selten länger als eine Viertelstunde, und daß man dabei immer nur ihn hörte, sein lustvolles Klagen, war für Frederik nicht weiter verwunderlich. »Schau sie dir an«, sagte er und fuhr mit der Daumenspitze über seine Oberlippe. »*Sie* hat das Steuer in der Hand.«

Daran hatten sie sich also gewöhnt, und Frühaufsteher waren sie ohnehin. Doch fremd, jedenfalls an dem ersten Sonntag in seinem neuen Zuhause, waren diese Laute für Oktober. Er stellte die Vorderpfoten auf den Heizkörper und wedelte aufgeregt mit dem Schwanz, als eine Brise das Stöhnen aus dem Schlafzimmer der Conzens herüberwehte. Schließlich begann er zu winseln, und Dinah beruhigte ihn mit einem leisen »Schscht …« Der Hund blickte sich um.

Sie lächelte, klopfte auf die Matratze. Da wedelte er nicht mehr mit dem Schwanz. Doch zu ihr kommen wollte er auch nicht. Er knurrte ängstlich. Dann bog er den Kopf in den Nacken, schloß die Augen, schob den Unterkiefer etwas vor – und erwiderte das Stöhnen nebenan mit einem rauhen, wie aus einem Hohlraum hervorgestoßenen Jaulen, immer wieder.

Dinah mußte kichern. Doch ihr Mann schnellte hoch, funkelte sie an. »Um Gottes willen, was soll das!« sagte er, ohne die Zähne auseinander zu nehmen. Trotzdem roch sie seinen Atem. Er drängte sie zum Bettrand. »Mach ihn still!«

Sie warf ein Kissen nach dem Tier, das damit in den Nebenraum lief, in die Bibliothek, und es kopfschüttelnd gegen die Schränke schlug. Sie angelte nach ihrem Slip und wiederholte das beruhigende Zischen. Doch

Oktober sprang auf die Ledercouch, reckte den Hals und jaulte nur noch lauter zu den Conzens hinüber.

Frederik fluchte, traf den Hund mit einem Schuh, und er rannte die Treppe hinunter und quer durch den großen Salon, wo er ins Rutschen kam auf dem Parkett und wild trabend gegen ein Regal schlug. Doch nichts von dem Porzellan darauf, Nippes aus Japan, ging zu Bruch.

Dinah nahm zwei Stufen auf einmal, täuschte Oktober mit einem Ausfallschritt und kriegte ihn am Fell zu fassen. Er schnappte nach ihr, floh in die Küche, stieß das Fliegengitter auf und preschte durch Frau Lees Kräuterbeet. Hinter den Garagen gab es nur einen Weg, und sie machte kehrt und lief durch den Flur zur Vordertür. »Du hast nichts an!« zischte Frederik, der sich einen Kimono überstreifte.

Doch sie trug ja ihre Wäsche und sprang auf den frisch gemähten Rasen, wo Oktober ihr auch schon entgegenkam mit einer Geschwindigkeit, die ihr angst machte; die Zunge flatterte seitlich aus dem offenen Maul, die Augen glänzten vor Übermut. Eng lag das Fell an, und als sie die Arme ausbreitete, driftete er vor ihr weg und rannte zu dem schilfigen Teich am Ende des Gartens. Dort gab es einen Findling, einen großen Granitbrokken, grün, normalerweise sein Wachplatz, und auch jetzt sprang er darauf. Er blickte sich kurz nach ihr um, warf den Kopf in den Nacken und begann erneut mit dem Geheul.

Dinah näherte sich langsam. Er war zu wasserscheu, um durch den Teich zu entwischen; sie verstellte ihm den Weg, sprach beruhigend auf ihn ein, packte sein

Halsband. Das Stöhnen im Nachbarhaus wurde lauter, und Oktober, widerstrebend, ließ sich zwar vom Stein ziehen, hörte aber nicht auf, seine Antwort zu jaulen, im Gegenteil; den dunklen Ton aus seiner Kehle durchblitzte nun auch noch ein greller, beleidigt klingender Diskant, haarsträubend, als hätte man ihn angefahren. – Ein Schritt, und sie war über dem Tier, klemmte es zwischen den Knien fest und hielt ihm, mit beiden Händen, die Schnauze zu.

Ihr Mann wartete vor der Tür, dem breiten Glasportal, sagte aber nichts. Er griff in die Taschen des Kimonos, steckte sich eine Zigarette an, und Dinah hob den Kopf und sah über die Hecke. Das Haus der Conzens stand etwas erhaben, die Schlafzimmergardinen bauschten sich vor, die übrigen Fenster waren geschlossen. Auf einem Tischchen hinter der Terrassentür eine Vase Rosen, fast verblüht.

Die ganze Platte war von weißen Blättern bedeckt, und jemand stellte eine Tasse darauf, einen Kaffeepott, mit dem Bild des Eiffelturms bedruckt. Der Hund schnaufte, wand sich, kratzte – und im nächsten Augenblick trat Frau Conzen in den Erker und blickte über den Garten zur Straße hinunter, einer ruhigen Dahlemer Wohnstraße. »Das sind keine Rosen«, hatte sie einmal zu Dinah gesagt. »Das ist die Vegetation meines Herzens.«

Sie trug ein Haarband und den Overall, den sie gewöhnlich zur Hausarbeit anzog, und schien die junge Nachbarin nicht zu bemerken hinter der Hecke, dem Schilf. Den Mund gespitzt, als pfiffe sie eine Melodie, ließ sie etwas von einem Glaslöffel auf die Toastecke in ihrer Linken tropfen, Honig oder bernsteingelbe Konfitüre. Nach einem Blick auf die Uhr in der Nische, aber es war wohl ein Barometer, biß sie etwas ab von dem Brot und schloß die Augen.

Sie kaute langsam, vornehm, schien jedes Kristall der Süße zu genießen, und Dinah sah noch einmal zu dem Schlafzimmerfenster am anderen Ende der Villa, hinter dessen Gardine sich das Stöhnen und Keuchen des Mannes auf einen Punkt zubewegte, den sie nicht mitanhören wollte. Oktober, in ihrem Griff, knackte mit den Kiefern, und sie wußte nicht mehr, was tun. Die Beine schmerzten vor Anstrengung, das Tier zu halten; sie zitterte und drehte sich nach Frederik um, rief leise seinen Namen. Doch er war schon hineingegangen. Etwas Rauch schwebte in der Tür.

Stahl

Es war im November; ich hatte mehr Zeit, als ich brauchte. Wir fuhren eine Kurzschicht nach der anderen, und Gisela, meine Frau, lag im Krankenhaus. Anfang Februar erwarteten wir unser Kind, aber es machte jetzt schon eine Menge Probleme. Wir waren trotzdem guter Dinge. Wir beteten zusammen, und ich brachte jeden Sonntag Blumen in unsere Kirche, in das alte Wollgeschäft am Penny-Markt. Es wird langsam eng dort, aber vielleicht finden wir bald größere Räume. Sogar die Videothek gibt auf.

Ich harkte das Laub vom Rasen. Das ließ Paul sich normalerweise nicht nehmen. Garten und Hecke, keiner machte das so akkurat wie er. Aber Paul lag flach, und als ich einen schönen Haufen zusammengekratzt hatte, kam Lisbeth auf den Balkon. Sie trug ihren blauen Hosenanzug, einen Rolli und Ohrclips aus Perlmutt, und ich sagte: »Donnerwetter! Gehst du aus?«

»Ach was.« Sie roch nach Haarspray oder Kölnisch Wasser. »Muß die Sachen mal auftragen. Willst du 'n Bier?«

»Danke.« Ich war natürlich ins Schwitzen gekommen. »Aber wenn du 'ne Fanta hättest ...«

Sie grinste, schob den Vorhang, die bunten Plastikbänder, zur Seite und sagte: »Klar doch. Mit oder ohne

Schuß?« Sie wußte ja, daß ich keinen Alkohol trinke, aus religiösen Gründen. Der Rasen war schon ziemlich matschig, und wo ich den Rechen fester aufgedrückt hatte, kam Erde durch. Das sah häßlich aus, und ich trampelte mit meinen nassen Schuhen darauf herum. Paul machte das irgendwie schöner.

»Wie geht es ihm?« fragte ich, als Lisbeth mir die Dose reichte; der Balkon hing nur kniehoch über dem Boden. Sie hatte sich schon wieder eine angesteckt. Sie rauchte ununterbrochen.

»Schläft«, sagte sie. »Hat heute morgen ein Glas Bier getrunken.«

Ich riß die Dose auf, schmiß den Verschluß in den Laubsack. »Na bitte. Dann gehts ja wieder aufwärts, oder?«

»Klar.« Sie schnippte die Asche weg. »Bei dem wartet der Deibel über den Wolken.«

Ich trank einen Schluck, dann noch einen, ich kannte sie ja. Aber schließlich sagte ich doch: »Hör mal, Lisbeth, so solltest du nicht reden. Das ist nicht recht. Mit Gott und dem Jenseits und so, da macht man eigentlich keine Witze.«

Sie nickte, lächelte müde. »Entschuldige. Wollte dir nicht zu nahe treten, Werner. Eure Gebete in Ehren. Aber ich glaube, Gott macht sich gerade einen Witz mit *uns*.«

Darauf wußte ich nichts zu sagen. Oder, ich hätte schon was sagen können, aber wo willst du anfangen. Du kriegtest die beiden ja kaum aus dem Haus, geschweige denn in die Kirche.

»Ich geh übrigens gleich zu Spar. Braucht ihr was?«

Sie schüttelte den Kopf. Auch das Einkaufen war normalerweise Pauls Gebiet. Doch jetzt hatte sich eben alles geändert, und wenn ich schon mal unterwegs war … Lisbeth rauchte und blickte gedankenverloren über den Wäscheplatz. Die Fanta war mir eigentlich zu kalt, aber ich wollte ihr die Dose nicht halbvoll zurückgeben. Also trank ich sie aus, in kleinen Schlucken, und blinzelte dabei in den Himmel. Ich fragte mich, ob er schon jemals freundlicher ausgesehen hatte in diesem Jahr. Andererseits finde ich graue Himmel gar nicht mehr so schlimm. Früher dachte ich immer: O Gott, schnell den Fernseher an. Doch heute staune ich nur, wieviel Grautöne es gibt und wie sie zerfließen. Wenn ich Maler wäre, würde ich nur graue Himmel malen. Naja, vielleicht nicht nur. Lisbeth räusperte sich, fröstelte. »Wird schattig, was? – Sag mal, darf ich dir das hier anvertrauen?«

Sie hielt mir die Kippe über die Brüstung. Die Fingernägel waren makellos lackiert. An den Rändern ließ sie immer ein bißchen frei, wie richtig elegante Frauen, und sie trug drei oder vier Ringe.

»Klar«, sagte ich. »Wird sofort entsorgt.« Ich nahm ihr den Stummel ab, drückte ihn sorgfältig unter dem Absatz aus, hielt ihn kurz gegen das Licht und warf ihn in den Laubsack.

»Danke«, sagte Lisbeth. Sie blickte zu den Bäumen hoch. Die beiden Linden waren kahl, ratzeputz, auch die Birke und der Flieder, und nur an dem Ahorn baumelten noch ein paar Blätter.

»So«, sagte sie, und es klang, als hätte sie gerade mitgeholfen, das ganze Laub zusammenzuharken. »Jetzt gibts noch einmal Dreck, und dann ist Ruhe.«

Ein paar Tage später klappte Paul zum zweiten Mal um. Er lag zwischen den Fahrrädern im Keller und hatte sich den Arm aufgeratscht. Ich rief den Rettungsdienst. Es war derselbe Arzt wie beim letzten Kollaps, Tätowierung am Hals, und er sagte: »Schluß! Das wird jetzt näher untersucht.«

Sie schnallten Paul auf einer Liege fest und nahmen ihn mit. Lisbeth mußte noch rasch ein paar Sachen packen, und dann fuhr ich sie in meinem alten Opel hinterher. Obwohl sie doch sah, daß es keinen Aschenbecher mehr gab – wir hatten unseren Talisman in die Öffnung gesteckt, diesen Jesus aus Plüsch –, fing sie an zu rauchen. Doch ich sagte nichts.

Sie und Paul waren schon ein Paar für sich. Seit vierzig Jahren. Er hatte auch mal in der Hütte gearbeitet und dann den Bescheid gekriegt. Frührentner. Gelenke. Ein guter Kerl, doch er konnte keine Flaschen sehen, keine vollen. Alles, was Alkohol enthielt, putzte er weg, sogar Rasierwasser. Dann flogen schon mal die Fetzen, und Lisbeth schrie und pochte mit dem Besen gegen die Zimmerdecke. Ich hatte einen Schlüssel.

Ihre Angst vor Paul kam mir aber auch ein bißchen übertrieben vor. Sicher, im Vollsuff war er nicht nur gemütlich. Alles in der Wohnung hatte eine Delle, einen Sprung oder war sonstwie kaputt; pikobello sauber, das schon, aber eben angeschrammt, angeknackst und so weiter. Doch daß er je auf seine Frau losgegangen wäre, hab ich nie erlebt.

Und wenn er seine trockenen Phasen hatte, reparierte er alles, ging wieder einkaufen und brachte Mon Chérie und Tönungsshampoo mit; solche Sachen. Er kaufte ihr immer etwas, das er in der Werbung gesehen hatte. Und abends saßen sie im Wohnzimmer und spielten Mau-Mau. Der Fernseher war natürlich an, und nicht selten liefen sogar beide; sie hatten noch einen im kleinen Raum, dem ehemaligen Kinderzimmer, wo das alte Sofa und die Cocktailsessel standen.

Lisbeth starrte auf die Straße. Sie sammelte die Asche in der Zellophanhülle ihrer Schachtel und sprach kein Wort. Als wir vor die Ambulanz kamen, hatte man unseren Patienten schon ausgeladen. Ich stoppte direkt hinter dem offenen Krankenwagen, und obwohl die Tasche nicht schwer war, trug ich sie für Lisbeth in die Registratur.

Pauls Bahre stand vor dem Tresen. Einen breiten Riemen über der Brust und einen über dem Unterbauch, war er ziemlich bleich und hatte die Augen geschlossen. Der Arzt füllte einen Stoß Formulare aus. Gilla, meine Frau, lag genau zwei Stockwerke über uns, und ich stellte die Tasche auf den Tresen und fragte: »Auf welche Station kommt er denn? Zu Schwester Nika?«

Der Mann sah mich an. Er schwitzte etwas, und sein weißes T-Shirt spannte sich über der Brust. Auch auf dem Unterarm hatte er Tätowierungen, und ich fragte mich, ob er überhaupt Arzt war. »Darf ich vielleicht eins nach dem anderen machen? Würden Sie mir das gestatten?«

»Aber natürlich«, sagte Lisbeth rasch. »Wir haben Zeit.«

Der Typ nickte, kritzelte weiter, und als er ihr die Formulare und einen Kuli hinschob, reichte sie mir das

Zellophantütchen mit der Asche. Ich blickte mich um, warf es in den Abfalleimer neben dem Lift. Beim Unterschreiben zog sie die Lippen nach innen. Ihre Hand zitterte.

Drei Tage später war Paul wieder zu Hause. Ich schloß die Wohnung auf, und da saß er auf der Couch und mischte Karten. Ich war baff. Er trank Milch aus einem Bierkrug, einem großen, gläsernen, und Lisbeth schmunzelte und nahm mir die Einkaufstüte ab. »Donnerwetter!« sagte ich. »Hart wie 'n Windhund, was?«
»Kannst du laut sagen«, antwortete Paul. Er gab mir die Hand, mit der er sich gerade über den Mund gewischt hatte. »Das ganze Gesocks da hätte ich nicht eine Sekunde länger ertragen. Krempeln dich tagelang um und finden nichts, nicht die Bohne! Ich hab so viel Röntgenstrahlen drin – ich brauch kein Licht mehr, wenn ich in'n Keller geh!«
Lisbeth räumte die Sachen weg: Heringssalat, Schwartemagen, Kürbis süß-sauer und eine kleine Flasche Korn gegen ihre Zahnschmerzen. Ich setzte mich aufs Sofa. »Aber hör mal, die müssen doch was gesagt haben! Ein Mensch kippt nicht dauernd um und hat nichts!«
Paul winkte ab. »Natürlich haben sie was gesagt. Die quasseln ja den ganzen Tag und nennen das dann Arbeit. – Kreislauf! Also viel Bewegung, viel Schlaf, gesunde Sachen essen, und so weiter. Alles nur Sprüche. Genau wie: Nehmen Sie mal das Gebiß raus! Vor dieser Tomographie zum Beispiel. Und ich: Klar doch, Herr Dokter. Wenn Sie mir 'ne Zange geben.«

In der Küche schlug Lisbeth den Kühlschrank zu, und obwohl sie laut hustete, hörte ich das Knacken von dem Drehverschluß. »Wieso Zange? fragte seine Assistentin, oder was die war, und dann stehen sie plötzlich um mich rum und können nicht glauben, daß ein Mann in meinem Alter noch alle Zähne hat. Und alle gesund, nicht *ein* Loch!«

Er teilte die Karten aus, und seine Frau kam an den Tisch. Sie hielt die Flasche so, daß sie noch voll aussah, goß sich einen Schluck in die Cola und Paul einen größeren in die Milch. Ich stutzte wohl. Sie verzog keine Miene. »Heute darf er mal. Zur Feier des Tages.«

»Na gut«, sagte ich. »Wenn das so ist. Dann rauch ich eine.«

Lisbeth hob die Brauen, diese angemalten Bögen, und hielt sich eine Hand vor den Mund. Doch Paul schob mir seine Schachtel hin. »Na bitte. Hab doch gewußt, daß du mal vernünftig wirst.«

Ich nahm mir Feuer. »Also, vernünftig ist nicht das richtige Wort. Bin wohl eher ein bißchen nervös. Das mit Gilla, wißt ihr ... Da stellt uns Gott auf eine ziemlich harte Probe.«

Lisbeth legte eine Karte auf den Tisch, sah zur Wanduhr. Der Kuckuck war weg. Nur noch die Feder kam raus. »Wieso«, sagte Paul. »Ich denke, die sind glücklich, wenn sie Kinder kriegen.« Er knallte ein Karo-As auf das Blatt, strich beide ein und zeigte mit dem Daumen auf seine Frau. »Was meinst du, was *die* für einen Hühnertanz gemacht hat mit unserm Jungen. Darf gar nicht dran denken.« Er trank einen Schluck von der Milch, leckte sich die Lippen. »Hat aber nichts genützt, oder?« Ein rascher Blick aus den Augenwinkeln. »Ist trotzdem ein Arschloch geworden.«

Kopfschüttelnd sammelte sie die Karten ein, blies Rauch durch die Nase und schwieg. Lisbeth hatte eine Art, den Mund zu halten, da kamst du dir angebrüllt vor. Ich kannte ihren Sohn nicht; seit wir in der Siedlung wohnten, seit vier Jahren, war er nie dagewesen. Doch über ihrem Nachtschrank hing ein Foto. Hübscher Kerl, lange Haare, etwa mein Jahrgang. Allerdings studiert. Sie mischte neu.

Paul steckte sich auch eine an, reckte das Kinn in meine Richtung. »Hör mal, wie soll das denn jetzt überhaupt weitergehen?« Ich wußte nicht, was er meinte. Mir war schwindelig von dem Rauch, nicht unangenehm, und er tippte auf die Zeitung, die in der leeren Obstschale lag. »Ihr fahrt eine Kurzschicht nach der anderen, stimmts?« Ich nickte und sah erst jetzt, daß er schon die ganze Milch ausgetrunken hatte. »Das ist aber falsch!« sagte er. »Ihr müßt ranklotzen, Junge! Steigert die Qualität, dann steigt auch die Nachfrage. Das ist ein Naturgesetz!«

Lisbeth teilte die Karten aus.

»Zu meiner Zeit haben wir eine Sonderschicht nach der anderen gekloppt. *So* geht das. Du mußt alles können, verstehst du, flexibel sein. Ich war in der Gießkolonne, ich war Former, Schmelzer, zack. Sogar in den Kalkbunker konntest du mich schicken. Guck dir meine Hände an. Guck sie dir an! Solche Greifer kriegst du nicht vom Knöpfchendrücken.«

»Klar«, sagte ich. »Aber heutzutage ist eben alles automatisch.«

»Logo! Und die Arbeitsplätze verschwinden auch automatisch. Du zum Beispiel, wo bist du jetzt?«

»In der Beschickung«, sagte ich, und er nickte und machte so eine Fingerbewegung, ein wortloses Her damit! Lisbeth schob ihm die Kornflasche hin.

»Beschickung! Daß ich nicht lache. Du meinst, du bist in der Knöpfchendrückerei. Das meinst du. Und weil ihr nicht mit euren Händen arbeiten wollt, hat das alles keinen Wert. Und weil das alles keinen Wert mehr hat ...«

»Na komm!« sagte ich und drückte die Kippe aus. Plötzlich hatte ich so einen Geschmack nach Asche im Mund und wollte mir die Zähne putzen. Ich stand auf. »Wenn du den ganzen Tag vorm Pult stehst und auf den Monitor glotzt, bist du auch müde. Du mußt dich doch konzentrieren!«

»Quatsch!« sagte er. »Laß mich bloß mit diesem neumodischen Gesülze in Ruh. Du sollst dich nicht konzentrieren, du sollst *arbeiten.* – Wohin gehst du? Warte mal.«

Vorsichtig schüttete er den Schnaps in den Bierkrug, das heißt, er spülte die Milchreste vom Glas, ohne zu zittern. Als es blitzblank war, schwenkte er die trübe Flüssigkeit noch einmal um und kippte sie runter, wie Wasser. »Nichts verkommen lassen.« Er schmatzte. Dann zog er seine Brieftasche unter dem Sofakissen vor, legte einen Blauen auf den Tisch und wies auf seine Frau. »Du hast dich so freundlich um die hier gekümmert, das soll nicht unbelohnt bleiben. Und versauf nicht alles, hörst du.«

Ich winkte mit beiden Händen ab, rührte das Geld nicht

an. Doch damit hatte er wohl gerechnet. Er schüttelte den Kopf. »Dann nimm es eben für eure Kirche«, sagte er. »Ich weiß ja nicht, was sich da abspielt hinter den bemalten Scheiben, will ich auch gar nicht wissen. Aber ihr sammelt doch für 'ne Orgel, oder? Also nimms für die Orgel, Schluß.«

In den nächsten Wochen schienen sie sich zu vertragen, man hörte nichts. Es ging auf Weihnachten zu, und ich hatte gut zu tun in der Gemeinde. Zusammen mit Cordula, unserer Predigerin, drehte ich Girlanden aus Tannenzweigen und fixierte Strohsterne mit Haarspray. Wir zimmerten eine Art Schaukasten, modellierten Berge aus Gips, die wir mit Vogelsand bestreuten, und als wir die Krippe auspackten, fehlte der Esel. Also fuhr ich in die Innenstadt, den Ochsen in der Plastiktüte. Doch in dem Spielzeugladen hatten sie keinen Esel in der Größe, und ich mußte ein Pferd nehmen, so einen Ackergaul samt Deichselwagen. Sechzig Mark.
»Das macht nichts«, sagte Cordula und fummelte das Tier aus dem Geschirr. »Den Anhänger kannst du für dein Kind aufheben. Wann kommt Gilla raus?«
Am Wochenende sollte sie entlassen werden, auf Probe. Viel liegen, nichts heben, keine Aufregung und natürlich nicht ... Naja. Das Weihnachtsgeld wurde gestrichen in diesem Jahr, und wir hatten beschlossen: Keine Geschenke. Außer mal wieder richtig ausgiebig ... Aber das ging nun auch nicht. Nur schmusen.
An dem Tag, als ich sie abholen sollte, hörte ich Paul schon morgens. Er brüllte, daß die Wände wackelten,

und dann ging irgendwas zu Bruch. Aber Lisbeth pochte kein SOS, und ich beugte mich über die Balkonbrüstung. Niemand, nur ein leerer Blumenschemel, und die bunten Vorhang-Bänder raschelten im Wind. Doch das Theater hörte nicht auf, und als ich Minuten später noch einmal nachsah, stand sie allein in der Kälte und rauchte. »Alles in Ordnung?« fragte ich. »Was hat er denn?«

Sie zuckte mit den Schultern, starrte über den Trockenplatz. »Keine Ahnung, Werner. Wird Vollmond, da glaubt er immer, alles tanzt nach seiner Pfeife. Aber nicht mit mir. Kennst mich ja.« Sie hielt die Zigarette in Gesichtshöhe und drückte sich den Daumennagel gegen das Kinn. Sie hatte da immer eine rote Stelle.

Ich wischte über die Brüstung. Das hatte ich schon mal gemacht, aber was sollte ich tun. »Meine Weiber kommen heut raus«, sagte ich; wir kriegten ja ein Mädchen. »Noch einmal Ultraschall, und gegen Mittag hol ich sie dann ab.«

Lisbeth nickte. »Schön für dich.« Sie trug einen schwarzen Angorapullover und einen Plisseerock, der aussah wie neu. Hinter ihr klirrte Glas oder Porzellan. Unglaublich. Als würde der Küchenschrank ausgekippt. Sie schloß die Augen, nagte sich etwas Haut von der Lippe.

»Liebe Güte! Was war *das*? Hast du ihm wieder den Stoff versteckt?«

Doch sie antwortete nicht. Jedenfalls nicht darauf. Sie sah zu mir hoch und sagte: »Wenn du gleich in die Stadt fährst, Werner, könntest du mir nicht ein Pfund Tomaten mitbringen? Holländische? Aber schnittfeste, ja?

Wirklich schnittfest müssen sie sein, sonst kann ich sie nicht gebrauchen.«

Ich grüßte zackig. »Wird ausgeführt.« Dann ging ich wieder rein, saugte Staub und machte Ordnung, schlug sogar Kniffe in die Kissen. Anschließend stellte ich einen Topf voll Milch auf den Herd und öffnete das Pröbchen aus dem Reformhaus, Tannenhonig, ein winziges Glas. Ich roch daran, immer wieder, roch eigentlich nichts, schon gar keinen Wald, und dachte an meine Kindheit und wie enttäuscht ich war an Sonntagen ohne Sonne. Dann ging es los.

Besenfunk. Kein Schreien, kein Scheppern, und doch pochte Lisbeth gegen die Decke, hämmerte wie verrückt, und ich ließ alles stehen und rannte los. Sie hatte mir ihren Schlüssel mit einem Tropfen Nagellack markiert. Als ich in die Wohnung kam, stand sie in der Schlafzimmertür und hielt sich beide Hände vor den Mund. Dabei trat sie immerzu auf der Stelle, und in den Schuhen mit den dicken Absätzen und den großen Schnallen sahen ihre Beine spindeldürr aus, wie Stöcke.

Ich ging zum Telefon und rief den Rettungswagen. Der Mann in der Zentrale notierte sich alles, Adresse, Stockwerk, Telefon. Dann wollte er wissen, wer ich war, ein Nachbar aus dem Haus oder dem Nebenhaus, ließ sich meinen Namen buchstabieren, fragte nach der Nummer, und als ich ihn bat, sich zu beeilen, sagte er »Jawollo!« und legte auf.

Paul saß auf dem Bettrand und starrte uns an. Er trug seine alten Jeans mit der Zollstocktasche und ein weißes Unterhemd, und ich konnte die Nummer sehen, die

sie ihm damals eingestochen hatten. Waffen-SS. Er hielt
ein zusammengeknülltes Geschirrtuch in der einen, den
großen Kristallaschenbecher in der anderen Faust, und
Blut lief ihm aus dem Mund und übers Kinn. Das Hemd
war klatschnaß.

An der Wand und den hellen Schleiflackschränken waren die Abdrücke seiner Hände, und ich machte einen
Schritt auf ihn zu, wollte etwas sagen wie »Immer mit
der Ruhe, Kumpel, laß mal sehen, das kriegen wir
schon hin«. Doch Paul drohte mir mit dem Aschenbecher, der wie ein Zahnrad aussah, verdrehte die Augen
und stieß auf. Ein Bläschen platzte vor der Nase. Dann
verzog er das Gesicht, streckte die Zunge vor, und
schon schoß es wieder aus ihm raus, ein dicker Schwall,
schwarzrot. Lisbeth wimmerte leise und riß an meinem Pullover, daß die Nähte knackten; ich spürte ihre
Fingernägel. »Mein Gott, mach was! Mach doch was,
Werner! Der saut hier alles ein!«

Ihr Mann wischte sich über den Mund und die Brust
und starrte das vollgesogene Geschirrtuch an. Er schüttelte den Kopf, und auch in seinen grauen Haaren
war etwas von dem Blut. Haare wie Stahlstifte, hatte er
früher oft gesagt, und das war so. Er stieß wieder auf,
rülpste, und ich rannte ins Bad und holte den Eimer, der
neben der Waschmaschine stand. Lisbeth nahm ihn mir
ab, warf ihn aufs Bett und trat gleich wieder zurück.
Und während Paul einen neuen Schwall Blut da hinein
erbrach, klingelte es Sturm.

Ich lief zur Tür. Es war derselbe Arzt wie beim letzten
Mal. Er hatte einen anderen Haarschnitt, so eine Iro-
kesen-Frisur, an den Seiten kahl, und trug eine grelle

Signaljacke; aber ich erkannte die Tätowierung am Hals. Er nickte und ging schnurstracks durch die Wohnung. Die beiden Helfer, die mit der Bahre folgten, unterhielten sich über irgendwas, Sport wohl, ich verstand »erste Liga«, und dann blieben sie vor Pauls Aquarium stehen. Einer ging sogar in die Hocke, und ich drückte mich an ihnen vorbei, damit ich ins Schlafzimmer sehen konnte.

Der junge Arzt hatte seinen Aluminiumkoffer aufs Bett geworfen, stemmte die Fäuste an die Hüften und runzelte die Brauen. Ein wütender Blick, aber es war auch viel Klugheit darin. Dann kramte er ein Päckchen aus der Jackentasche, riß es auf, zog sich Gummihandschuhe an und ließ die Säume knallen. »Stell das Ding weg, Opa! Weg damit!«

Doch Paul, der Augen machte wie ein Tier, so groß und verdreht, drohte ihm mit dem schweren Aschenbecher, und die Gehilfen drängten mich zur Seite. Sie gingen in ihren Schuhen über das Bett. Einer kniete sich in das ganze Blut, irgend etwas fiel auf den Boden, und der Arzt zog einen Schlauch aus dem Koffer, armlang und fingerdick. Paul schrie, schlug um sich. Dann gurgelte er nur noch, und ich drehte mich um, wollte nichts mehr sehen.

Im Frisierspiegel blitzte ein Gerät mit einer Lampe auf, ein verchromter Haken, und ich dachte, Lisbeth wäre hinter mir. Doch sie stand nicht mehr in der Tür, war auch nicht im Wohnzimmer. Ich ging durch den Flur in die Küche, um mir die Hände zu waschen, und da saß sie und rauchte. Dabei blickte sie aus dem Fenster. Auf dem Tisch stand die kleine Tasche, fertig gepackt. Darüber lag Pauls weißer Frotteemantel, neu. Er hatte einen blauen Gürtel, und in der Brusttasche, hinter so einer Wappenlilie aus glänzendem Garn, steckte ein Spiel Karten.

Gisela hielt sich bei jedem Schritt den Bauch. Doch dabei lächelte sie, und ich schickte ein Stoßgebet nach dem anderen hoch. Ich klappte den Beifahrersitz um, damit sie viel Platz hatte hinten, und fuhr wie bei Glatteis. Wir parkten vor der Kirche, und ich zeigte ihr die Weihnachtsdekoration. Auch das Podest für die neue Orgel stand schon. Dann lief ich über die Straße und kaufte beim Türken ein Pfund Tomaten.

In der Wohnung machte ich ihr ein bequemes Lager auf dem Sofa und stellte den Fernseher an. Doch sie war erschöpft, wollte eine Viertelstunde ruhen, und ich stellte ihn wieder aus. Ich schob einen tiefgefrorenen Quarkstrudel in die Röhre und ging dann runter zu Lisbeth und Paul, bezog die Matratzen neu, wischte Schränke und Fußleisten ab und stopfte den Bettvorleger in die Maschine. Astrein. Pauls Hand auf der Tapete, der Abdruck, war aber nicht wegzukriegen, und ich suchte mir Hammer und Nagel und hängte das Foto von ihrem Sohn darüber. Paßte. Nur die Daumenspitze guckte raus.

Als wir Kaffee tranken, klingelte das Telefon, und Gilla, den Mund voll Kuchen, sah mich an. Ihre Augen hatten sich verändert; sie waren größer geworden und standen ein bißchen vor. Die Wimpern spiegelten sich in dem Braun, und an der Unterlippe hing ein Krümel Quark. »Mit wem hast du denn Telefonkontakt?«

Ich grinste, nahm ab. Es war Lisbeth, noch in der Ambulanz. Irgendwas mit Pauls Speiseröhre war nicht in Ordnung, vielleicht hatte er Krampfadern da. Erstmal mußten sie die Blutung stoppen, mit diesem langen Schlauch eben, der innen aufgeblasen wurde, und ich sagte so etwas wie: »Na, das wird schon. Unkraut vergeht nicht. Mach dir keine Sorgen.«

Doch Stunden später stand sie dann in unserem Flur, bleich wie die Wand, und da war schon klar, daß er Krebs hatte, überall. Hoffnungslos. Man wollte ihn nichtmal mehr operieren, und mir fiel nichts ein, kein Wort.

»Das ist normal«, sagte Gilla. »Damit mußte man rechnen.« Sie hatte ihr soziales Jahr im Krankenhaus gemacht und legte Lisbeth einen Arm um die Schultern. »Das ist sozusagen typisch, weil Trinker den Rauch runterschlucken, weißt du. Und Schnaps und Nikotin, die reizen die Schleimhäute so lange, bis ein Tumor wächst. Aber ansteckend ist es nicht, da mußt du keine Angst haben.«

Paul sollte über Weihnachten im Krankenhaus bleiben, und wir luden Lisbeth ein, den Heiligen Abend bei uns zu verbringen. Ich wollte Grünkohl mit Kasseler und Bratkartoffeln machen. »Mußt auch nicht beten!« sagte ich. Kleine Aufheiterung. Doch sie schüttelte den Kopf, bedankte sich. Sie würde zu ihrer Schwester und deren Familie gehen, das wäre näher am Krankenhaus. Also gut, dachte ich, wer nicht will, der hat schon. Bleib ich eben mit Gilla allein.

Doch am ersten Feiertag, wir formten gerade Klöße, klingelte das Telefon, und Lisbeth wünschte uns frohe

Weihnachten. Sie klang schon angetütert, dabei war es elf Uhr morgens, und ich fragte: »Wo bist du denn?«

»Wo soll ich schon sein«, sagte sie. »Habt ihr schön gefeiert, ihr zwei?«

»Wir waren in der Kirche. Und du?«

»Naja, mit Kindern ist es noch mal schöner. Gar nicht zu vergleichen. Wirst du ja erleben.« Ich hörte, wie sie an ihrer Zigarette zog. »Übrigens, Werner, ich hab mich noch gar nicht dafür bedankt, daß du die Betten frisch bezogen hast und so. Oder hab ich?«

»Ist doch selbstverständlich. Du brauchst dich nicht zu bedanken«, sagte ich und machte Gilla ein Zeichen. Der Gasherd mußte runtergestellt werden. Wir hatten eine Mini-Pute.

»Tu ich aber«, sagte Lisbeth. »Wär ja noch schöner. Also ehrlich. Weißt du, was ich dem Vatter gestern gesagt hab? Seit siebenunddreißig Jahren feiern wir zusammen Weihnachten, hab ich gesagt, und jetzt … Naja, vergiß es. Irgendwann ist halt Schluß. Hör mal, Werner, was ich euch noch fragen wollte: In diesem Umschlag unter meiner Matratze …«

»Welcher Umschlag?« fragte ich, und sie schwieg, trank wohl etwas. Ich hörte die Eiswürfel im Glas.

»Meinst du, diese Typen aus dem Krankenhaus, also der Arzt vielleicht nicht, aber die so übers Bett gestiefelt sind, diese Gehilfen … Haben die vielleicht was mitgehen lassen?«

»Wieso? Was fehlt dir denn?«

»Wenn ich das bloß wüßte.«

Gilla stieß mich an, zeigte zur Küche. Der Braten roch komisch. Der Herd war uralt.

»Ganz sicher bin ich mir natürlich nicht«, sagte Lisbeth. »Man sollte sich sowas aufschreiben, oder? Ich dachte immer, da wären elf drin gewesen.«

»Ach so? Und wieviel sinds jetzt?«

»Tja, wenn ich noch zählen kann ... Aber ich hab es dreimal durchgeblättert.«

»Elf *was*, übrigens«, fragte ich.

»Na, elftausend Moppen. Glaubte ich jedenfalls. Aber jetzt stecken nur noch sieben in dem Kuvert. Kann das denn sein?«

»Frag mich nicht«, sagte ich. »Woher soll ich das wissen. Vielleicht hat Paul was verbraucht? Willst du nicht zu uns raufkommen, zum Essen? Wir haben 'ne kleine Pute, mit Klößen und Rotkohl und so.«

Sie schwieg einen Moment. Und dann hörte ich, daß sie weinte. Sie schniefte jedenfalls so komisch. Aber vielleicht hatte sie auch Schnupfen. »Ihr ...«, sagte sie leise, und plötzlich mußte ich an Pauls Fische denken, und ob sie die wohl füttern würde. Sie mochte sie nämlich nicht besonders. »Ihr seid alle Verbrecher. Ohne Ausnahme.« Dann legte sie auf.

Gilla sah mich an. Doch ich sagte nichts. Ich rannte in die Küche, schaute in den Ofen. Die Pute war aufgeplatzt, die Füllung quoll raus. All die Früchte und Nüsse und Kräuter, die auf dem Hackbrett so schön ausgesehen hatten, waren ein einziges Gemantsche. Aber ich kriegte es hin – mit Gillas Haarklammern kriegte ich das Vieh wieder zusammen. Dann goß ich etwas von dem Fond darüber und ging noch einmal ans Telefon, wählte Lisbeths Nummer.

»Hör mal!« Ich wurde ziemlich ruppig. Das kann ich

auch. »Weißt du, was du da gerade von dir gegeben hast? Ist dir das klar? – Bist du betrunken, oder was bist du?!« Doch sie sagte nichts, und ich brüllte: »He! Ich rede mit dir!«

Sie schluckte. »Na und?« Irgendwas klapperte gegen den Hörer, ihr Feuerzeug vielleicht. »Wen geht das was an, wenn ich blau bin? Dich? Daß ich nicht lache! Ich könnte doch hier verfaulen.«

»Lisbeth!« sagte ich. »Mädchen! Sei mal vernünftig jetzt. Dein Mann ist krank, schwer krank, mach dir das bitte klar! Meinst du, du bist ihm eine Hilfe, wenn du dich so vollaufen läßt? Sollten wir nicht lieber für ihn beten?«

»Quatsch!« sagte sie. »Wie kommst 'n darauf. Ich will ihm auch gar keine Hilfe sein. Wozu? Wer hilft *mir* denn. Der läßt mich allein, also laß ich ihn auch allein, fertig.« Und wieder legte sie auf.

Die Pute wurde dann doch noch ein Erfolg, und nach dem Essen gingen wir spazieren. Gilla fühlte sich gut, wollte eine große Runde drehen. Es war kalt, sie hatte sich den weinroten Schal bis unter die Nase gewickelt, und ihr Atem gefror in der Wolle. Ich sah sie immer wieder aus den Augenwinkeln an, und in der Unterführung hinterm Friedhof drängte sie sich plötzlich an mich, und wir küßten uns. Doch dann hörten wir Schritte auf der Steintreppe und gingen weiter, bis zur alten Zeche. Vor dem Zaun des Gebrauchtwagenhändlers blieben wir einen Augenblick stehen. Es gab ein paar Kombis, doch auf den Scheiben war Rauhreif; man konnte die Preise dahinter nicht lesen.

Am zweiten Feiertag sollte ich ins Krankenhaus fahren, um den Schwestern ein Geschenk zu bringen. Gilla hatte Kekse gebacken, und ich klemmte mir die Dose unter den Arm und wählte Lisbeths Nummer; vielleicht wollte sie ja mitfahren. Sie hob nicht ab. Auch als ich an ihrer Wohnungstür klingelte, reagierte sie nicht, und ich nahm den Schlüssel, blieb aber auf der Matte stehen.

»Hallo? Ich bins! Alles im Lack?«

Kein Wort, kein Ton, und ich ging durch den Flur. Es roch nach kaltem Rauch, wie sonst, und in der Küche war niemand, auch nicht im alten Kinderzimmer. Das Ehebett sah so aus, wie ich es vor ein paar Tagen gemacht hatte, sogar die Kniffe in den Kissen waren noch drin. Ich mach sowas gern. Ich finde das ironisch. Lisbeth hatte wohl auf dem Sofa geschlafen, zwei Wolldekken lagen darauf, ein zerknülltes Taschentuch steckte in der Ritze. Der Tisch mit der polierten Steinplatte stand schräg im Raum, und auf dem Teppich lag ein Glas. Wohl runtergefallen.

Ich schaute ins Badezimmer. Ihr Wasch- und Zahnputzzeug war weg, ebenfalls der Morgenmantel und der Perückenkopf aus Styropor. Das Fenster stand auf Kippe, und ich drückte es zu. Neben dem Telefon im Flur lag ein offenes Verzeichnis. Auf der Seite nur ein greller Aufkleber, »Fernsehkummer? Jägernummer!«, und die Adresse von Lisbeths Schwester. Ich schloß ab und fuhr in die Stadt.

Es gab sogar einen Parkplatz vor dem Hospital, und nachdem ich Gillas Kekse mit allen Grüßen und guten Wünschen abgeliefert hatte, stieg ich eine Etage höher. Dort lag Paul, und ich fragte einen Pfleger nach dem

Zimmer. Er wiederholte den Namen, rieb sich das Kinn, und um ihm zu helfen, sagte ich: »Er hat Krebs, wissen Sie.« Da grinste der Mann und klopfte mir auf die Schulter, ganz sanft.

Vier Betten standen in dem Zimmer, und einer der Patienten sagte, daß ich Paul im Raucherraum fände, noch eine Etage höher. Es war der einzige im ganzen Flügel, und schon beim Blick durch die Glastür kriegte ich Atemnot. Bademäntel, Morgenmäntel, Plastikstühle, Aschenbecher, aber man hatte Mühe, die Gesichter zu unterscheiden in dem Nebel, in dem eine dicke Adventskerze brannte, das einzige Licht. Von Paul keine Spur.

Ich war noch nie einem Menschen begegnet, der todkrank war und in den nächsten Wochen sterben sollte, und ich hatte mich schon im Auto gefragt, was man so einem sagt. Ich bin ja kein Priester, und das Erbauliche war nie meine Stärke. Ich kenne keine Trostworte, die nicht abgedroschen klingen, und noch auf der Treppe hatte ich Gott gebeten, mir im entscheidenden Moment die richtigen Worte in den Mund zu legen. Aber als Paul dann aus einer Schwingtür kam und wir uns die Hand gaben, sagte ich nur: »Schöne Scheiße, oder?«

Es war mir so rausgerutscht, und er nickte kurz und zog sich den Frotteemantel, den blauen Gürtel, fester zu. Hager war er geworden, der alte Stahlkocher, hohlwangig und blaß, und die Augen waren klar wie nie. »Kannst du laut sagen.« Die Augen waren richtig schön. Aber aus seinem Mund kam ein übler Geruch, was ich natürlich nicht ansprach. Trotzdem sagte er:

»Ich verfaule von innen.« Er zeigte mit dem Daumen
hinter sich, auf die Toilettentür. »Geh mal da rein. Das
stinkt, als hätte ich Kröten gekackt.«

Er schlurchte in seinen Pantoffeln zu einer Nische mit
Pflanzen, alle künstlich, schob einen Rollwagen voll
Urinflaschen weg und trat ans Fenster. Am Horizont
das Preßwerk und die Kokerei. Sogar heute, an Weihnachten, wurde Gas abgefackelt, und er verschränkte
die Hände auf dem Rücken und schüttelte den Kopf.
»Mann, Mann, Mann ... Erklär mir mal, wie das pas-
sieren konnte.«

Er murmelte nur, und ich kratzte mir den Nacken. »Ich
weiß nicht, Paul. Bin doch kein Arzt.«

Er stieß etwas Luft durch die Nase. »Kein was? Du hast
Nerven. Muß man dazu so'n Weißkittel sein?«

»Naja«, sagte ich. »Vielleicht hast du recht. Wir könnten alle gesünder leben. Und dann die Umwelt ...«

Er legte die Hände auf den Fenstergriff, einen ovalen
Messingknauf, und sah mich an. »Ja, ja. Wenn euch
nichts mehr einfällt, kommt ihr mit Umwelt oder
Schicksal oder Gesellschaft oder was.« Die Klarheit in
den Augen war irgendwie einschüchternd. »Ist doch
armselig, hm?«

Ich zuckte mit den Schultern. Was sollte man da sagen.
Noch zu Hause, mit Gilla am Küchentisch, hatte ich das
seltsame Gefühl gehabt, daß sterben wunderbar ist. Etwas ganz und gar Wunderbares. Aber das brachte ich
nicht über die Lippen.

»Du bist 'n Christenmensch, oder? Willst es jedenfalls
sein.«

»Ich tu mein Bestes«, sagte ich.

Er stieß leise auf. »Und wieso kannst du dann nicht verhindern, daß sowas passiert?«

Ich sah ihn rasch von der Seite an. Auf beiden Handrücken waren Einstiche, schwarze Punkte mit violetten Höfen. Am Ende des Flurs, in dem Treppenschacht aus Glasbausteinen, begann Musik, eine elektrische Orgel. Die Eingangshalle war voller aufgeregter Knirpse gewesen, zwei Dutzend oder mehr, die Mützen anprobierten hatten, rot mit weißen Säumen und Bommeln. Doch Paul schien nichts zu hören. Er sagte: »Irgendwas stimmt nicht mit dir, oder? Irgendwas ist da faul. Wenn du mich fragst, ich glaub, du bist 'n ganz schönes Arschloch mit deiner Kirche und dem Getue.«

»Mein Gott, Paul ...«

»Nichts da! Ich scheiß auf deinen Gott und das Gefasel von Barmherzigkeit und Nächstenliebe und was nicht alles, wenn sowas dabei rauskommt. Über die Feiertage im Krankenhaus ... Weißt du, wie man sich da fühlt?«

Ich sagte nichts. Als Kind war ich mal wegen einer Knieverletzung hier gewesen, noch im alten Flügel, um Ostern herum. Aber daran konnte ich mich kaum erinnern. Wir haben uns mit Handtüchern gejagt, mit nassen. Hat ganz schön gezwiebelt.

Paul schloß die Augen und schluckte, was ein seltsames, irgendwie knorpeliges Geräusch machte. Der Chor setzte ein, so leise, als würde die Luft singen. Doch er achtete nicht darauf.

»Ich hab dich immer in Schutz genommen, kannst du glauben. Ich war ja stolz, ich Idiot. Dabei hat sie kein gutes Haar an dir gelassen. Nach außen. Beide haben wir heimlich geheult. ›Füße drauf!‹ – weißt du noch. Der kleine Deichselwagen, das Holzschwert, meine Güte … Und immer nur rote Äpfel. Ich hab mich krummgelegt für dieses dämliche Studieren. Aber das hab ich gern getan. Und als du das Gammlerleben geführt hast, sogar da kamen die Scheine rüber, oder nicht? Laß man, hab ich gesagt, der rappelt sich schon wieder hoch. Stimmte ja auch. Oder fast. Aber wieso, zum Teufel, bist du nicht da, wenn du gebraucht wirst! Du hast doch einen Schlüssel! Kannst du nicht aufpassen? Meinst du, es ist angenehm für die Frau, Tag für Tag in so einem Bau voll halbtoter Menschen …«

»Paul«, sagte ich und legte ihm eine Hand auf die Schulter, nur die Fingerspitzen. Er fühlte sich zart an, knochig, und ich zog sie gleich wieder zurück. »Paul!«

Immer noch hielt er sich am Fenstergriff fest, mit beiden Händen. Beim Reden hatte er die Stirn dagegen gelehnt, und jetzt schloß er die Augen und sagte müde: »Was denn? Was ist? Gehen wir eine rauchen?«

Der Raum, in dem es nur schmale Oberlichter gab, war etwas leerer geworden, wohl wegen der Kinder im Flur. In der linken Ecke hing ein Kreuz, in der rechten ein Fernseher. Er lief ohne Ton, und Paul zeigte auf den Tisch darunter, schob mich in die Richtung. Dann ging er zum Getränkeautomaten.

Lisbeth winkte mir zu, das heißt, sie hob kurz die Hand mit dem Feuerzeug. Mir wurde etwas flau in der Luft, fast hätte ich einen Plastikstuhl umgerempelt, und ich setzte mich zu ihr. Sie trug keine Perücke, und das Fernseherlicht schien durch die Haare, auf die glänzende Kopfhaut.»Um Gottes willen!« flüsterte ich und blickte kurz zu ihrem Mann hinüber.»Was ist denn *jetzt* los?«

Er schlug mit der Faust gegen den Automaten, und sie zog an ihrer Zigarette, blies den Rauch durch die Nase und lächelte dünn.»Das hat er auch gesagt. Genau dasselbe.«

Auf dem Tisch lag ihr Spiel. Paul riß eine Dose Wasser auf, trank einen Schluck, noch einen, kniff die Augen zu und rülpste. Er machte es ganz selbstverständlich, ohne Scham, und es klang nicht abstoßend hier. Es klang nach rohem Fleisch, nach Tod. Er setzte sich und mischte die Karten.

»Zeigs ihm!« knurrte er, und Lisbeth drückte die Kippe aus. Sie setzte sich etwas herum, drehte den anderen Patienten den Rücken zu. Mit einer Hand knöpfte sie sich den Morgenrock auf, und ich schaute zu dem Erlöser hoch. Bronze. Hinter seinen angewinkelten Knien steckte ein Flaschenöffner. Lisbeth hob das Nachthemd an, eins von diesen Babydolls, mit denen sie auch in der Wohnung herumlief, trotz ihrer Krampfadern, und zeigte mir die linke Seite. Alles kreuz und quer verklebt mit breiten, stramm sitzenden Pflastern, und die wenigen Hautstellen, die man sehen konnte, waren violett und gelb und rötlich-blau.

Sie hustete leise, verzog das Gesicht.»Jetzt haben sie mich auch auf dem Kieker«, murmelte sie.»Aufhören soll ich, kannst du dir das vorstellen? Aufhören mit dem Rauchen. Was die sich so denken. Dann hätte ich ja gar nichts mehr. Null.« Sie nahm ihr Blatt, fächerte es auf. »Aber irgendwas muß ich doch haben, oder?«

Am ersten Feiertag, zwei Stunden nach unserem Telefonat, war sie betrunken über eine Teppichecke gestolpert und gegen den Tisch geflogen. Drei glatte Rippenbrüche, jede Menge Prellungen, ein Riß in der Milz.
»Erstmal war ich natürlich weg«, sagte sie. »Und als ich wach wurde, hab ich 'n Schlag geheult und wollte aufstehn. Ging aber nicht. So weh hat noch nichts getan in meinem Leben. Auf allen vieren bin ich zum Telefon und hab deine Nummer gewählt.« Sie schüttelte den Kopf. »Du hast aber nicht abgenommen.«
»Wir waren spazieren!« sagte ich.
»Naja. Dann hab ich eben den Notarzt gerufen und gebetet, daß nicht wieder dieser Irokese kommt. War aber eine koreanische Ärztin, sehr nett. Die hat meine Sachen zusammengepackt, den Fernseher ausgestellt, abgeschlossen, alles. Und jetzt bin ich hier. Unfallstation. Direkt unterm Vatter.«
Sie grinste ein bißchen und warf eine Karte auf den Tisch, und auch Paul nickte, als hätte sie das soweit ganz gut gemacht. Er konterte und strich beide ein.
Der Chor hatte aufgehört oder war weitergezogen; ein Pfleger kam über den Flur und klatschte in die Hände. Es war Kaffeezeit, und die meisten Patienten verließen den Raucherraum, gingen in ihre Zimmer. Doch die zwei blieben sitzen. Er durfte nichts essen, sie wollte nichts, und abwechselnd tranken sie von dem Wasser und spielten weiter, stumm. Aber Lisbeth räusperte sich ununterbrochen, und manchmal zuckte sie zusammen, hielt sich die Seite, holte japsend Luft. »Das Schlimmste ist, daß man nicht richtig abhusten kann. Daß es da noch keine Erfindung gibt.«

Dann kam eine Schwester mit einem Rollwagen voller Kuchen, öffnete die Glastür und lächelte mich an. Eine Auswahl wie in der Konditorei. Sie hatte sogar ein Glöckchen.

Paul sah auf. »Na, geh hin!« sagte er, denn ich war nicht sicher, ob sie wirklich mich gemeint hatte. Doch ich kriegte einen Becher Kaffee mit viel Büchsenmilch und ein riesiges Stück Sachertorte. Eigentlich waren es zwei, und ich bedankte mich und wünschte gesegnete Weihnachten.

Es wurde dämmrig in dem Raum, aber niemand machte Licht. Draußen, auf dem Kirchturm, brannten schon die Warnlampen für Flieger. Die Schwester hatte vergessen, mir eine Kuchengabel oder einen Löffel zu geben, und ich aß den dicken Keil aus der Faust. Dabei kippte ich meinen Stuhl ein bißchen zurück und sah zum Fernseher hoch, wo ein Film mit Heinz Rühmann lief, schwarz-weiß. Die beiden vertieften sich ganz in ihr Spiel. Nur wenn eine Pause entstand, weil einer von ihnen mischte oder sich eine Zigarette ansteckte, schauten sie kurz auf, und einmal fragte Lisbeth: »Na? Ist schön?«

Ich hatte den Mund voll, nickte, und dann schob Paul mir eine Münze hin. Er brauchte neues Wasser, und ich ging zu dem Automaten in der Ecke und zog eine Dose. Krachend fiel sie aus dem Warenschacht, eiskalt. Der daneben war leer, ein Licht wies darauf hin, und ich blieb einen Moment stehen.

»Leer« blinkte die große Taste, immer wieder »Leer«. Dabei war sie grün!

Schicke Mütze

Berlin ist ein Dorf, jedenfalls für den, der länger hier
lebt und sich nicht mehr blenden läßt vom dem bunt
flackernden Groß- oder gar Weltstadtgehabe auf allen
Bildschirmen. Und wie man in gewissen Reiseländern
irgendwann müde wird angesichts der Tempel, Paläste
und Säulenreste aus grauer Vorzeit, trümmermüde,
und nichts weiter will als ein Glas Wein im Schatten,
hat man in Berlin irgendwann die Nase voll von der
Zukunft, die angeblich überall beginnt und doch nir-
gends zu sehen ist. Mich jedenfalls erinnern diese Bau-
krater und Betongerippe eher an Vergangenheit, und
auch das sogenannte urbane Leben, das Tempo, der
Nervenkitzel oder gar »die Vielfalt des kulturellen An-
gebots« lassen einen bloß noch gähnen. Alles immer
nur Kunst.
So beschränkt man sich auf einen Stadtteil, den Kiez,
läuft seine Trampelpfade ab und wird von dem, was die
Welt bewegt oder lähmt, am Ende so viel oder wenig
berührt wie vom Gardinenwechsel in der Eckkneipe
oder der neuen Brotsorte beim Bäcker im Souterrain.
Seit fünfundzwanzig Jahren lebe ich hier, meistens in
Kreuzberg, und alle bisherigen Wohnungen lagen, Zu-
fall oder nicht, in der Nähe des Landwehrkanals. Darum gehört es zu meinen dörflichen Freuden, fast täglich

dort spazierenzugehen. Die sogenannte Kanalrunde erstreckt sich von der Waterloobrücke an der Brachvogelstraße bis hin zu dem kleinen Rest der früher großen Synagoge, ein von Kastanien, Platanen und Trauerweiden gesäumter Weg, und man passiert vier Brücken, einen Minigolfplatz, das Zollhaus und ein Jugendheim – und wird in regelmäßigen Abständen überholt von *Brigitte, Kehrwieder* und *Pik-As*, den Rundfahrtschiffen aus dem Urbanhafen.

Zu einem Dorf gehören bekanntlich auch Trottel, und ich will nicht leugnen, daß ich seit jeher Sympathien für diese etwas abseitigen Existenzen hege, die mir auf den Spazierwegen begegnen und mir oft sogar zunicken, zuzwinkern, als wären wir alte Bekannte. Und wir sind es wohl auch. Jedenfalls habe ich dem einen oder anderen im Lauf der Jahre schon mal eine Gefälligkeit erwiesen oder ihm aus einer Bedrohung, einem Desaster gar, herausgeholfen, denn: »Müßiggänger werden immer als Retter mißbraucht.« Sagt meine Freundin Nora.

Ich will jetzt gar nicht von den vielen Kindern reden, die mich vor dem Freizeitheim oder der Skater-Rampe anhalten und Rotz und Wasser heulend darum bitten, ihnen ihre Walkmen, Handys oder »Chiemsee«-Jacken, gerade von einer Bande Älterer gestohlen, zurückzuerobern. Für mutig und stark gehalten zu werden, nur weil man erwachsen aussieht, habe ich seit jeher als Zudringlichkeit empfunden, und wenn ich die D-Mark-schweren Ausrüstungen der Kids von heute sehe und an die Pfennige für »Prickelpit« in meinen Kindershorts denke, will der wahre kriminalistische Eifer auch nicht aufkommen.

Da war die Rettung eines Schwans, der sich an einer Eisscholle geschnitten hatte, schon erhebender. Durch den Blutverlust zu schwach für jeden Widerstand, ließ er sich still in die Ambulanz des Krankenhauses tragen, wo man versprach, seine Brustwunde sofort zu nähen, und mir, als wäre ich ein Angehöriger, beruhigend auf die Schulter klopfte. – Hat jemand eine Ahnung, wieviel so ein Schwan wiegt? Und natürlich weiß ich nicht, was aus dem Tier geworden und ob es nicht doch im Müllcontainer gelandet ist. Die Schuhe, die ich an dem Nachmittag trug, habe ich jedenfalls nie wieder angezogen. Eine Reliquie. In meinem Schrank stehen Schuhe voll Schwanenblut.

Mehrfach gerettet habe ich auch Florian, einen siebzehnjährigen Epileptiker, der täglich auf einem speziell für ihn konstruierten, kippsicheren Dreirad über die Kanalwege fährt. Denn sobald seine besorgten Eltern ihm vom anderen Ufer aus zurufen, um Gottes willen nicht die schräge Böschung anzusteuern, nickt er gewichtig, bekundet durch ein Klingeln »Verstanden!« – und steuert sie an: Um ihnen mal wieder zu beweisen, daß es doch nicht kippsicher ist, dieses Rad. Dem Sturz folgt der Anfall, und ich, natürlich ganz zufällig in der Nähe, halte seinen Kopf oder schiebe ihm meine Gürtelspitze zwischen die Zähne. Auch die Bißstellen darauf sind mir mittlerweile heilig.

Ein anderer Fall ist Kulle. Einst Restaurator, fiel er beim Ausbessern von Fresken in einer Kirche vom Gerüst und hat seitdem einen Hau, wie die Zeitungsfrau sagt. Sie versorgt ihn und seine kleine Wohnung neben ihrem Laden, und er steht auf den Brücken und predigt den

Möwen die Offenbarung des Johannes oder winkt den Ruderern zu.

Doch daß der ruhige, allseits beliebte Mann Zigarren mag, wissen nicht nur die Nachbarn, die sie ihm mengenweise schenken; wenn ich mal wieder so einen Trupp geschorener Schulschwänzer sehe, jeder eine brennende »Sandemanns« zwischen den Fingern, muß ich nur hinter die Synagoge gehen, wo Kulle im Gras sitzt und den Gänseblümchen Psalmen singt. Gewöhnlich stopfe ich dann seine umgekehrten Jacken- und Hosentaschen nach innen, klopfe den plattgetretenen Hut zurecht, und gemeinsam gehen wir zur Zeitungsfrau, wo ihm das Gesicht mit einem Waschlappen gereinigt wird und er neue Zigarren und eine kleine Flasche »Jägermeister« kriegt.

Ich will jetzt nicht den Eindruck erwecken, ein Engel zu sein. Das bin ich nicht; dazu hab ich zu viel Dreck am Flügel. Aber es muß doch einen Grund geben dafür, daß Leute wie Florian oder Kulle immer dann mit einem Unglück aufwarten, wenn ich gerade in der Nähe bin. Oder daß dieser kleine, etwas windschief daherkommende Kerl mit der viel zu großen Kassenbrille von allen Spaziergängern ausgerechnet mich ansteuert, um mir seinen Silberstern unter die Nase zu halten.

»Mordkommission. Schöner Tach heute, wa?«

Er trug eine Jacke aus dünnem, speckigem Wildleder, eine Jogginghose und Turnschuhe – links einen schwarzen, rechts einen rot-weiß gestreiften. Sein dunkelblondes, in die Stirn gekämmtes Haar war über den Brauen zu einem akkuraten Prinz-Eisenherz-Pony geschnitten, was nur betonte, wie schief die schmutzige, an einem

Scharnier mit Kupferdraht ausgebesserte Brille saß. Hohlwangig, schmal, die Körperhaltung zum Erbarmen schlaff, gehörte er zu der Sorte Jungen, die bei den Mannschaftswahlen im Sportunterricht zähneknirschend als letzte übernommen werden, wenn überhaupt. Er hatte sich eine Hundeleine locker um den Hals gehängt, und obwohl erst elf oder zwölf Jahre alt, rauchte er französische Zigaretten ohne Filter.

»Wir werden sie alle kassieren«, sagte er, und es klang etwas unartikuliert, als trüge er eine Zahnspange. – »Aber erst muß einer die Sauerei aufwischen, das Blut, verstehste. Genickschuß im Park, ich hab's gesehn. Die hatten solche Uzis, guck mal, *so* groß, und ich ruf meinen Chef an und sag ...«

»Paß auf, Mac«, knurrte ich. »Erzähl mir nicht so'n Stuß. Das kenne ich alles aus dem Fernsehen. Wir können gern ein Stück zusammen gehen, aber wenn du unbedingt reden mußt, laß dir was Interessantes einfallen.«

Verblüfft sah er mich an. »Wieso Mac? Ich heiß Mütze!«

»Ah ja?« Ich zeigte auf die Leine. »Und wo ist dein Hund?«

»Keine Ahnung. Wollen wir Brillen tauschen? So eine ohne Gestell hab ich noch nie gehabt.«

»Ohne Gestell? Die ist ohne *Rand*, mein Lieber.«

»Aber meine nicht! Guck mal, total stabil. Kannste echt mit in'n Nahkampf gehn.«

Um mir das zu beweisen, warf er die Brille auf den Weg, wobei ein Glas aus der Fassung sprang. Doch statt danach zu suchen, drängte er sich plötzlich enger an mich und zischte: »Ach du Kacke, ach du Kacke, *die* schon wieder! Ruf die Zentrale! Handy raus! Zentrale!«

In einem raschen, federnden Gleichschritt kamen uns zwei Jungen in Bomberjacken und Armeehosen entgegen und grinsten im Bewußtsein einer Kraft und Überlegenheit, die sie, kaum älter als mein Begleiter, noch gar nicht haben konnten. – »Wir kriegen dich!« rief der eine und winkte mit einem Klappmesser. – »Dann ficken wir deine Schwester!« ergänzte der andere, und Mütze, der sich fast in meinen offenen Trenchcoat gewickelt hatte vor Angst, stöhnte leise. Ich zog ihn weiter.

»Mit denen ist nicht zu spaßen«, sagte er schließlich. Er bückte sich nach dem Glas, fummelte es in die Brille. »Die haben mir meinen Jesus genommen, weißt du. Abgestochen.«

»Jesus?«

»Der hat mich immer beschützt, vor dem hatten sie Manschetten. Obwohl er nur *so* klein war. Aber reinrassig.«

»*Jesus?!*«

Er nickte. »Ein Rauhhaardackel. Hat sogar mal ihren Pitbull in die Flucht geschlagen. Und weißt du wie? Ganz einfach...« Er setzte die Brille wieder auf, lächelte mich an. Keine Spange. Seine Schneidezähne waren erstaunlich groß. »Wenn du einen Kampfhund besiegen willst, beiß ihm in die Eier!«

Ich schluckte, nickte. »Okay, Chef. Werd ich mir merken. Und die Leine da, an deinem Hals? War die für Jesus?«

»Ach wo! Die gehört *dem*«, sagte er und wies wegwerfend auf den weißen Hund, der in diesem Moment aus dem Dickicht kam, Buschwindrosen. Er sah sich kurz nach uns um, und eine Sekunde lang hatte ich das Gefühl, diesen Blick zu kennen, weiß Gott woher. In der Luft wurde ein Knattern laut, und alle Spaziergänger blieben stehen und beobachteten die Landung eines ADAC-Hubschraubers auf dem Klinikdach. Nur der Hund trottete weiter über die Wiese.

Ich frage mich kaum noch, was das Schicksal sich dabei gedacht hat, aus mir einen knurrigen Eremiten zu machen. Menschen kommen mir zu nah, Menschen gehen mir auf die Nerven – und sei es nur, weil sie mich permanent und penetrant daran erinnern, daß ich auch nur einer bin. Deswegen ist mein Liebesvermögen vermutlich etwas unterentwickelt. Gewiß, das Lachen kleiner Kinder hebt mir das Herz, und angesichts hilfloser alter Menschen kann ich eine Ritterlichkeit entwickeln, die mich selbst erstaunt. Aber so ein richtiger Seelenbrand, etwa die Liebe zu einer Frau, ist mir, ich gebe es zu, im Leben nicht oft geglückt. Und wenn, dann auch nie auf den sogenannten ersten Blick. *Das* Wunder blieb mir verschlossen. Jedenfalls bis zu dem Tag, an dem ich diesen Hund sah.

Ähnlich von Statur, war er doch etwas größer und deutlich beseelter als ein normaler Schäferhund, hatte auch längeres, seidig glattes Fell, dessen Weiß an den Läufen und der schön geschwungenen Rute hauchbraun schimmerte. Außerdem waren seine Ohren nicht so dämlich angespitzt – es gibt da einen Fachausdruck, den ich mir nicht merken werde –, sondern hingen zur Hälfte gelassen herab, und es fehlte ihm jede Bedrohlichkeit. Trotzdem war seine Körperhaltung kraftvoll und stolz; wann immer er aufsah von der Geruchspost am Wegrand, den hingepinkelten Liebesgrüßen, schien er alles souverän zu überblicken, und in seinen Augen, zwischen denen es zwei senkrechte Stirnfalten gab, lebte ein Wissen, das so mancher Mensch auch nach mehrfacher Wiedergeburt als Akademiker nicht erreicht. Der Hund war erleuchtet, und unwillkürlich blieb ich stehen und sagte: »Was willst du für ihn haben?«

»Für wen?« fragte Mütze. »Für Zwölf? – Den kannste vergessen, Mensch. Der kämpft nie!«

»Zwölf heißt er?«

Mütze nickte. »Total schlaff, der Sack. Hast du 'n Auto?«

Wenn ich eins besessen hätte – es wäre sofort und ohne Bedenken getauscht worden gegen diesen Hund. So aber konnte ich dem Jungen nur eine Geldsumme bieten, die wohl kaum für ein gebrauchtes Fahrrad reichte. Jedenfalls blickte er mich über den Rand seiner Brille an und fragte skeptisch: »Was bist'n du von Beruf?«

Wenn man schon nicht sagen kann, warum genau man einen Menschen liebt – wieviel weniger läßt sich die Faszination für ein Tier erklären? Es hat uns eine Reihe von Rätseln voraus, und wenn die Vollkommenheit, die es auszustrahlen vermag, auch nur eine begrenzte, dem Biologischen verhaftete ist – sie bleibt Vollkommenheit, deren Anblick so wohltuend und tröstend sein kann wie der einer Ikone.

Fortan versuchte ich fast jeden Tag, Mütze und seinen

Hund zu treffen, lag regelrecht auf der Lauer nach den beiden, und obwohl sie zu keiner festen Zeit um den Kanal spazierten, sah ich sie erstaunlich oft – was mir wiederum ein Hinweis war, eine Aufforderung des Schicksals: nicht nachzulassen in meinem Bemühen um Zwölf.

Doch der Junge blieb stur.

»Den kann ich dir nicht verkaufen. Der hat Aids.«

Also versuchte ich es andersherum. – »Wem gehört er eigentlich genau? Dir oder deinen Eltern?«

»Der gehört sich selbst.«

»Ach so. Und wo wohnt ihr?«

Apathische Handbewegung. »Irgendwo da hinten.«

»Würde dein Vater ihn denn verkaufen? Was macht er so?«

»Mordkommission. Die ganze Familie. Hast du 'ne Uzi? Oder 'n Auto?«

Schon wollte ich den gebotenen Geldbetrag derart erhöhen, daß er möglicherweise für ein schlichtes *neues* Fahrrad gereicht hätte. Da kamen fünf oder sechs Mädchen im niedlichsten Kicheralter auf uns zu, und der Junge stutzte. Keine dieser Hübschen war größer als er, und sie trugen lässige Klamotten und neonfarbenen Plastikschmuck, hatten sich hier und da schon mal probeweise einen Fingernagel lackiert oder einen Lidrand geschwärzt, und sie kicherten ganz und gar nicht. Sie ließen Kaugummiblasen platzen, und von den vorübergleitenden Schiffen, von *Brigitte*, *Kehrwieder* und *Pik-As*, winkten Touristen herüber, Japaner – und hielten sich im nächsten Moment die Hände vor den Mund. Es fiel kein Wort, kein Schrei, und schneller, als ich eingreifen konnte, lag Mütze neben seiner Brille im Dreck und krümmte sich zusammen.

»Verdammt noch mal, was soll das!« rief ich den Gören nach. Sie überquerten bereits die Admiralbrücke. »Der Junge hat euch nichts getan!«

Eine aus der Bande, ein Mädchen mit Stahlkappen auf den Schuhen, zeigte mir den Stinkefinger. »Ist doch scheißegal, oder?«

Mütze hatte sich aufgesetzt, schmiß weinend mit Abfall, Sand und ausgerupftem Gras und schrie, fast überkippend die Stimme: »He, Zwölf! Hierher! Fang sie, du Arsch! Zerfleisch sie!«

Der Hund, der wohl nichts bemerkt hatte von dem Überfall, war zwar in der Nähe, gab sich aber ganz einer frischen Duftspur hin, und erst als Mütze mit den Resten seiner Brille nach ihm warf, hob er den Kopf und schien dem Gesicht nach zu fragen: Was gibts? Gehn wir weiter?

Ich zog den Jungen hoch, wischte ihm das Blut unter der Nase weg, klopfte den Staub aus seinen Kleidern und fragte: »Wieso haben die das gemacht?«

Er schniefte, zuckte mit den Achseln. »Keine Ahnung.«

»Aber irgendwas muß doch vorgefallen sein. Raus mit der Sprache! Wer sind die? Kennst du eine von denen?«

Er schüttelte den Kopf. »Nur meine Schwester ...«, sagte er, und zum Trost nahm ich ihn mit in ein Ufer-Café und bestellte uns heiße Schokolade. Kaum hatte er sich eine Zigarette angesteckt, pfiff ihn die Kellnerin an, und so hielt ich den Glimmstengel zwischen den Fingern und ließ ihn, wenn sie nicht hersah, ziehen. Der Hund saß reglos neben dem Tisch und studierte gebannt die geometrischen Figuren, die zwei Fliegen über seiner Nase in die Luft zeichneten.

»Warum heißt du eigentlich Mütze?« fragte ich. »Trägst ja nie eine.«

»Nicht mehr«, sagte der Junge. »Früher schon. So ein geiles Ding hast du noch nicht gesehn. Mit Ohrenklappen und allen Schikanen. Und 'nem Stern vorne drauf. Haben sie mir geklaut.«

»Wer, sie?«

»Die Mafia natürlich. Nachdem sie hinter meinen Decknamen gekommen waren, hatte ich keine ruhige Minute mehr. – Hast du wenigstens einen Führerschein?«

»Welchen Decknamen?« fragte ich.

»Schicke Mütze. *Häuptling* Schicke Mütze. Der Traum aller Jungfrauen. Wolln wir uns mal anrufen?«

»Gute Idee. Gib mir deine Nummer.«

Er grinste. »Geht nicht, Alter. Die ist geheim.« Dann kramte er ein Dutzend bunter Filzer aus der Jacke. »Also, laß hören ...« Ich sagte ihm meine, und er zerrte den Hund heran, schrieb sie auf sein Halsband.

»Könnte ich bei dir pennen, wenn sie wieder hinter mir her sind?«

»Klar«, sagte ich und legte das Geld für den Kakao auf den Tisch. »Falls deine Eltern nichts dagegen haben.«

»Ach die ...« Er wühlte in seinen Taschen. »Guck mal. Hab ich meiner Schwester geklaut.«

Zwei blütenweiße Tampons – er steckte sie ein Stück weit in die Nasenlöcher und schlich, die Backen aufgeblasen, die Hände wie Krallen verkrümmt, von hinten an die Kellnerin heran. Sie räumte gerade die Theke auf und ließ, als sie ihn zwischen den Topfpflanzen sah, ein erschrecktes Japsen hören. Dann lächelte sie, und er zog an den beiden Bändchen und flitzte mit dem Zischen eines Ballons, dem die Luft entweicht, in Schlangenlinien aus dem Lokal. Der Hund, nach einem kurzen Blick auf mich, folgte ihm gemächlich.

Dann sah ich die beiden lange, den ganzen Herbst lang nicht mehr, und ich kann es nicht anders sagen: Sie fehlten mir. Das Gequatsche des Jungen wollte mir im nachhinein fast poetisch erscheinen, und ich weiß nicht, wie oft der Hund durch meine Träume lief oder ich ihn aus den Augenwinkeln heraus im Spiegel zu sehen glaubte. Die einsamen Spaziergänge, sonst Anlaß zur Freude, wurden langweilig, und als ich einmal, nach einem verregneten Tag, das Haustor aufschloß und die Abdrücke großer Hundepfoten im Flur sah, schlug mein Herz fast im Hals. Daß diese Spuren vor meine Wohnungstür führten, war für mich so fraglos klar, daß ich ihnen beschwingt vor Freude ins dritte Stockwerk folgte.
Ich wohnte aber im zweiten. Doch eines Tages klingelte das Telefon: »Hallo? Brille? Hier ist Mütze. Ich hab's mir überlegt. Du kannst die Töle haben. Wenn ich dafür deinen Führerschein krieg. Wir treffen uns in einer Stunde am Kanal. Paß auf, daß dir niemand folgt.«
»*Wo* am Kanal?« rief ich, aber er hatte schon eingehängt, und während ich kurz darauf die Ufer nach dem Jungen absuchte, fragte ich mich natürlich, was um alles in der Welt er mit meinem Führerschein wollte. Der war fast dreißig Jahre alt, und ich, Fußgänger aus Passion, hatte ihn seit einem Vierteljahrhundert nicht mehr gebraucht und würde auch in Zukunft darauf ver-

zichten. Halbaffen mit Hupe gibt es in Berlin genug. Zudem gehe ich nicht sehr pfleglich mit behördlichen Dokumenten um, mein Reisepaß zum Beispiel ist vollgekritzelt wie ein Notizbuch, und auch die Fahrerlaubnis war so abgegriffen und eingerissen, das Foto darin so zerschabt und von Cognac-Flecken entstellt, daß ein Mißbrauch kaum noch möglich schien. Ein Wisch eben, vermutlich längst ungültig.

Der Tausch gefiel mir jedenfalls nicht schlecht, und ich lief unwillkürlich etwas schneller, als ich Zwölf vor dem Freizeitheim entdeckte. Er saß auf der oberen Stufe der Betontreppe, die zur Anlegestelle für Kanus und Schlauchboote führte, und blickte in den Himmel über dem Urban-Krankenhaus. Es war der erste Frosttag im Jahr, die Luft roch nach Schnee, und insgeheim genoß ich es schon, mit dem weißen Hund darin herumzutollen.

Er dagegen, sah man von einem Zucken der Ohren ab, beachtete mich kaum. Gebannt von der Pudelkontur einer Wolke, interessierte er sich nicht einmal dafür, daß sein bisheriger Besitzer mit nichts als einem Joggingdreß am Leib im eisigen Kanalwasser schwamm.

Ich rannte die Treppe hinunter. Es war ein violetter Anzug mit einem türkisfarbenen Blitz auf dem Rücken, und der strampelnde Junge, der einen Basketball mit der Kinnspitze vor sich herschob, keuchte und schnaufte und versuchte vergeblich, auf die unterste Stufe zu klettern, rutschte immer wieder ab von dem glitschig übermoosten Beton; erst als ich ihn beim Kragen packte, fand er Tritt. Triefend sah er zu mir auf.

»Was soll das!« schrie ich. »Bist du verrückt?!«

Doch er brachte kein Wort über die blaugefrorenen Lippen, zeigte zitternd auf den Ball, und als ich auch den aus dem stinkenden Wasser gefischt hatte, stammelte er: »Einfach weggeschossen, die Schweine. Fünfzig Mark! Hast du die Pappe dabei?«

Der Anzug klebte an seinen Rippen; der Kleine war dünn wie ein Kinderbuch. – »Steckt in der Innentasche«, sagte ich und legte ihm meinen Mantel um die Schultern. »Und jetzt lauf nach Hause. Du holst dir den Tod, Mann! Lauf!«

Er nickte, schniefte, wies mit einem Kopfruck auf den Hund. »Der frißt kein Dosenfutter, klar? An der Leine geht er auch nicht. Und falls du ihn einschläfern läßt, dann bloß nicht im Tierheim Lankwitz! Da kommt er nämlich her. Tusch?«

Ich knöpfte den Kragen unter seinem Kinn zusammen und wischte ihm die klatschnassen Haare aus der Stirn. »Tusch«, sagte ich. »Was willst du eigentlich mit dem Führerschein?«

»Ach, keine Ahnung. Für meine Sammlung.«

Und dann, ohne sich von Zwölf auch nur mit einem Seitenblick zu verabschieden, rannte er hustend auf die Hochhäuser zu, und der Saum des Mantels schleifte über den Boden und wirbelte Staub und Herbstblätter auf.

Der Hund schien sein Davonlaufen gar nicht zu bemerken, schnupperte im fahlen Gras herum, pinkelte einen Baumstumpf an und zerstreute meine plötzlichen Bedenken, was die Fairneß dieses Tauschs betraf, ganz einfach dadurch, daß er mir ohne Aufforderung, ohne jedes Pfeifen oder Fingerschnippen meinerseits, so, als gehörten wir seit jeher zusammen, über die Brücke ans andere Ufer folgte und dort bis zum nächsten Café vorauslief.

Ehrlich gesagt, hatte ich mir die Haltung eines Hundes komplizierter vorgestellt, mühevoller auch, besonders in diesem Winter voller Schneematsch und Regen. Doch Zwölf war ungefähr so strapaziös wie mein Schatten. Abgesehen davon, daß er manchmal gebürstet werden wollte, war er fast bedürfnislos, beklagte sich nie, aß sogar Bratkartoffeln und verlangte nicht einmal, daß ich mich an feste Zeiten hielt, um mit ihm hinauszugehen. Seine Notdurft, als wollte er mir jede Peinlichkeit ersparen, verrichtete er diskret hinter Büschen und Hecken, kaum je lief er einer Hündin nach, und wenn so eine Halsbandschönheit ihn umschwänzelte, ließ er sich wohl eine Weile beschnuppern – erregen konnte ihn keine. Auch angegriffen wurde er nicht, sogar Kampfhunde beschämte sein stiller Adel, und Frauen und Kinder liebten ihn sehr. Am erstaunlichsten aber fand ich, daß die Uferschwäne niemals Angst vor ihm hatten, nicht fauchten oder gar, wie bei gewöhnlichen Kläffern, in die Kanalmitte schwammen. Ruhig putzten sie ihr Gefieder oder rupften Gras, und er blinzelte in die Frühlingssonne und trottete gelassen durch den großen, weiß auf die Wiese gelagerten Schwarm.

Der Hund, ich sagte es schon, kam mir oft heilig vor, und dazu paßte denn auch, daß er mir eines Tages, mit der ihm eigenen Beiläufigkeit, das Leben rettete.

Jeder, der das Wort Ewigkeit buchstabieren kann, hat sich schon einmal gefragt, ob es so etwas wie Zeit überhaupt gibt. Ist ihr Ticken aber nur Täuschung, wie manche meinen, kann man sie weder gewinnen noch verlieren, und dann werden sogenannte Errungenschaften der Technik, die ja meistens der Zeitersparnis dienen, bedrohlich sinnlos. Das Auto zum Beispiel scheint tief im Innern, da wo Materie sich vergeistigt, eine Ahnung zu haben von seiner … Aber nein, lassen wir das. Ich hatte die ersten beiden Spuren der Urbanstraße glücklich überquert und wartete auf dem grünen Mittelstreifen darauf, eine Lücke im Blechfluß zu erwischen. Diesseits der Ewigkeit war es Freitag gegen drei, und sogar mein Hund wußte mittlerweile, was das heißt. Als rechnete er nicht mehr damit, vor Abend auf die andere Seite zu gelangen, legte er sich ins Gras und schloß die Augen. Ich steckte mir eine Zigarette an.

Doch mit dem Rauch des ersten Zugs verflüchtigte sich auch der Verkehr, plötzlich lag sie leer vor mir, die breite Straße, weit hinten mußte es gekracht haben, und ich sagte erleichtert »Komm!« und ging hinüber. Doch sah ich aus den Augenwinkeln, daß Zwölf mir nicht folgte, auch nicht nach einem Pfiff, und fluchend machte ich kehrt und packte ihn beim Halsband – genau in dem Moment, in dem ein Auto, ein silberfarbener GTI voller Schrammen und Beulen, aus der Seitenstraße bog. Mit einer Geschwindigkeit übrigens, die sich kaum noch schätzen und am ehesten wohl mit Diagnoseinstrumenten der Psychiatrie messen ließ. Das herumschleudernde Heck prallte gegen einen Lichtmast, und die Stoßstange, aus dem Blech gerissen, stand wie ein Mähmesser ab und fetzte einen halben Fliederbusch weg, ehe der Wagen sich schlingernd aus dem Staub machte. Von zwei Zivilstreifen verfolgt.

Kreuzberg live, könnte man denken, nur Fernsehen ist langweiliger. Und doch unterschied sich diese blaulichtumzuckte Gangsterszene von allen, die ich bisher gesehen hatte, nicht nur dadurch, daß ich, noch auf der Straße stehend, todsicher ihr Opfer geworden wäre. Es gab da auch einen gewissermaßen familiären Aspekt, denn der Fahrer dieser Schrottkarre, die gerade mit kreischenden Reifen hinter dem Flachbau der Karateschule verschwand, dieser rot erhitzte Irre mit Kopfhörern und zerfransten Ralleyhandschuhen war kein anderer als mein kleiner Freund gewesen. Häuptling Schicke Mütze.

Unter den Bäumen aber war es ruhig wie immer, ich drehte meine Runden am Kanal, trank hier ein Bier, aß da eine Stulle, und der Wind wehte die letzten Kastanienblüten übers Wasser, über die Sonnendecks von *Brigitte, Kehrwieder* und *Pik-As*. Die wurden mit jedem Tag voller, und ich freute mich auf den Sommer, die schönste und erholsamste Zeit in der Stadt, nicht zuletzt weil die meisten Berufsberliner dann in die Ferien fahren. Leere Plätze und Alleen voller Lindenduft, leere Cafés, freundliche Leute – im Juni, Juli und August bin ich hier nicht wegzukriegen, weder aufs Land noch in die Berge. Und auch nicht in das Haus bei Glücksburg, Ostsee, das meine Freundin für diese Zeit gemietet hatte.

»Fahr nur. Vielleicht komme ich nach. Hab noch zu tun.«

»Wie? Was hast *du* denn zu tun«, höhnte Nora und machte mir dann das, was man in heiteren Romanen

eine Szene nennt, unterstellte mir eine Geliebte und
so weiter; der Mond war fast voll. Um sie zu beruhi-
gen, bot ich ihr an, schon mal Zwölf mitzunehmen, als
Pfand sozusagen, dem täte Auslauf in Seeluft sicher gut.
Und sofort war sie beruhigt. Was wiederum mich in
meinem Argwohn bestärkte, daß ihr neuerdings mehr
an dem Köter lag als an mir. Nicht nur, daß sie ihm
dieses geschmacklos rote, mit goldfarbenen Kleeblät-
tern bedruckte Halsband geschenkt hatte. Einmal, als
ich beleidigt maulte, daß sie mir noch nie das Haar gebürstet hatte wie ihm, so liebevoll, ja hingegeben, tat sie
es dann zwar. Aber mit der Hundebürste.
Ich brachte die beiden zur Bahn und winkte eine Stunde
später schon wieder Florian und Kulle zu. Wochen
glücklichen Alleinseins lagen vor mir, und wenn es
stimmt, daß Faulheit der Fleiß des Träumers ist, voll-
brachte ich Unsagbares in der Zeit. Sollte sich jemand
eines Tages wirklich die Mühe machen, aufgrund sol-
cher Leistungen einen Nachruf auf mich zu verfassen, so
würde ich gern darin lesen: »Er, beauftragt mit sich
selbst, liebte den Kanal, die Sonnenreflexe unter den
Brücken, die Goldspur der Enten im grünen Wasser, das
Gleichmaß der Schritte auf dem Kies. Er, sich immer
wieder selbst versäumend, ahnte, was die Stille weiß:
Wer liebt, ist im Recht. Wer liebt, ist angekommen. Er
ging der Kunst aus dem Weg und fütterte Möwen.«
In der Nähe der Synagoge kreisten sie über einer Men-
schenmenge, die fast nur aus Fotografierenden bestand. Sowohl die kleine alte Brücke, die älteste Berlins,
als auch die ungewöhnlichen, anläßlich einer Bauaus-
stellung errichteten Wohnhäuser dort, postmoderne

Pappe, waren vielbesuchte Sehenswürdigkeiten. Der Himmel hatte sich bedeckt, man ahnte ein Gewitter, das Blitzlichtgeflacker bleichte die Bäume aus und färbte die Augen der schreienden Vögel weißblau, und obwohl ich wußte, daß für viele nichts aufregender ist als das Bekannte, tausendfach Gesehene, erstaunte mich dann doch, was die Touristen, von denen manche sogar auf Baugerüste geklettert waren, wirklich im Visier hatten.

Um die Geschwindigkeit heranfahrender Autos zu drosseln oder auch überbreiten oder zu schweren Fahrzeugen die Durchfahrt zu versperren, standen dicke Betonstümpfe auf der Brücke, und der schwarze Mercedes, dagegengeprallt, hatte sich wohl mehrfach überschlagen und wurde nur durch das verbogene Eisengeländer, Schmiedekunst aus der Kaiserzeit, vor einem Sturz in den Kanal bewahrt. Doch das konnte kaum als Rettung gelten. Für den jedenfalls, der da halbnackt in Airbag-Fetzen und Trümmern aus Blech, Glas und Plastik lag, hatte sich die ganze Welt überschlagen und ihn mitsamt der Karosserie unter sich begraben.

»O geil!« rief ein Kind vor mir. »Guck mal, da läuft Blut raus!«

»Quatsch«, sagte ein anderes, älteres. »*Öl!*«

»Volles Rohr. Den hat's total zermatscht, ey. Die Beine, die Eier, alles unterm Motorblock, oder?«

»Weiß nicht. Kannst ja nachschaun.«

»Ich? Von wegen! Wer bezahlt mir das. Nachher hab ich das Vieh am Arsch. Ist das 'n Wolf?«

»Mann, bist du Panne. Haste hier schon mal 'n Wolf gesehn?«

»Klar, auf Kassette. Sogar 'n weißen.«

»Die sind gefärbt, für Hollywood. Das ist 'n ganz normaler Hund.«

»Und warum läßt der keinen an die Karre? Nicht mal den Sanitäter.«

»Frag ihn doch. Wahrscheinlich dressiert. Schützt die Leiche, oder was.«

»Wieso Leiche? Der lebt noch, Mensch!«

»Aber nicht mehr lange. So blaß wie der ist …«

Das war das Bild. Das war die Stunde. Hatte das Kind mich erblickt in der Menge? Mich gerufen? Der Asphalt unter den Schuhen war weich, und ich drängte mich durch den Pulk, stieß den Feuerwehrmann mit der Decke zurück und versuchte, den Hund am Halsband zu packen. Ein Aufschrei irgendwo, ein Nervenblitz. Meine Hand, die zitternden Finger, sie bluteten noch, als ich die Telefonnummer wählte.

Und der Junge, das Lenkrad vor der Brust, den letzten Schmerz, was hatte er geflüstert?

»He, Mac … Guck mal.« Es war kaum mehr als ein Hauchen. »Ich hab sie gekriegt! Hab sie ihnen abgejagt. Toll, oder?«

Im Licht dieser Stunde war es vollkommen still – jene Stille, um die sich alles dreht und in der alles immer schon vollendet ist. Im Schatten dieser Stunde sah das Tier mich an mit fremden Augen. Es hatte mein Blut an den Zähnen, und ich wich einen Schritt, eine Ewigkeit zurück. Meine Stimme war dünn wie das Gold an dem Halsband.

»Toll, Mann. Eine richtig schicke Mütze …«

Ohne Brille kam mir das schmale Gesicht mit den vorstehenden Wangenknochen älter vor, und er nickte, schloß die Augen, schien ihn selbst ironisch zu belächeln, diesen zarten Triumph. Wind zerwühlte das Hundefell, blies Staub und Blüten über das Wrack, und er runzelte die Brauen, bewegte die Lippen, doch ich verstand nichts mehr. Die Mütze glitt ihm aus der Hand und fiel von der Brücke, in den Kanal.

Ein neues, festlich geschmücktes Kreuzfahrtschiff voller Menschen und Kameras unterquerte den Bogen, drosselte die Fahrt, Girlanden trieben im Wasser, momentlang wurde es dunkel vor lauter Licht, weiße Nacht. Dann war das Tier weg, man warf eine Decke über den Jungen, und ich drückte auf die klebrigen Tasten.

Wie weit ist Glücksburg entfernt, wieviel hundert Kilometer? – Nora meldete sich nach dem ersten Klingeln, und ich fragte: »Was ist passiert?«

»Alles in Ordnung, mein Lieber. Wolltest du nicht kommen? Das Wetter ist ein Traum.«

»Was mit dem *Hund* ist!« schrie ich gegen den Bergungslärm, das Kreischen der Trennscheiben an.

»Was soll mit ihm sein?«

»Wo ist er?!«

»Wo ist wer? Bist du blau? Er liegt neben mir und schläft!«

Brümmerchen

Ich hatte es satt. Der Job an sich war nicht schlecht. Keiner wollte ihn machen, weil die Maschinen so kompliziert aussahen; sogar die Ärzte hatten Respekt davor. Mir dagegen kamen sie ganz plausibel vor, aus Bedenkenlosigkeit. Ich konnte mehrere gleichzeitig bedienen, hatte dadurch eine gewisse Freiheit und handelte einen Arbeitsvertrag aus, der mir zum Lesen und Schreiben genug Zeit ließ. Aber dann verbrachte ich sie doch nur in den Kneipen.

Man starb und starb. Ich hatte eine Freundin damals, einen Lichtblick, einen Ruhepunkt, eine kleine wilde Lagune, und sie nahm mich einmal zu einer Veranstaltung mit. Es war ein Vortrag. Ein gerade populärer Fernseh-Buddhist vertrat die Auffassung, daß wir nicht sterben müssen: Wir *dürfen* sterben. Das sei ein Unterschied. Und klang ganz gut, solange man in dem Raum saß. Doch schon beim Bier und erst recht im Bett war es vergessen, und wenn ich die Augen schloß in den Armen meines Mädchens, ging ich im Geist über den Krankenhausflur.

Ich arbeitete auf der Dialyse, und eine der Patientinnen, Frau Brümmer, chronisch, hatte eine neue Niere gekriegt. An sich nichts Besonderes, aber es war Keehlers fünfzigste Transplantation, nimmt man nur die gelungenen, und es gab Sekt mit Orangensaft. Sogar einen Lokalreporter hatte er aufgetrieben, der Fotos machte und anschließend wissen wollte, wie so eine Dialysemaschine funktioniert. Und der Chef, schon in der Tür, legte mir eine Hand auf die Schulter und sagte: »Das erklärt Ihnen der junge Kollege hier.« Und ward nicht mehr gesehen.

Der Journalist war der erste schreibende Mensch, dem ich überhaupt begegnete, und wir gingen in die Kantine, wo er mir schnell auf die Schliche kam. Seine Kinnladen standen genau im rechten Winkel zu der Angst, ich könnte ihn bitten, Gedichte von mir zu lesen.

Ich tat es nicht. Ich machte meinen Job, und ein paar Tage später sollte ich Frau Brümmer dialysieren; die neue Niere sprang nicht richtig an. So nannte man es. Aber das war normal, und nachdem die Pumpe eingeschaltet war und das Blut der Frau durch die Schläuche lief, setzte ich mich neben das Bett und blätterte in ihren Illustrierten. »Sie können ruhig einnicken«, sagte sie. »Ich flöte, wenn ich den Keehler höre.«

Alle liebten sie, fast alle nannten sie Brümmerchen, und so schön die Transplantation für sie war – daß sie uns als Patientin verlorenging, stimmte doch traurig. Sie war Berlinerin, Mitte sechzig, und hatte eine wunderbar große Klappe. »Meine Niere gehörte einem Taxifahrer«, sagte sie neulich. »Da gibts doch wohl Kollegen-Rabatt, wenn ich in 'ne Droschke steige?«

Nach dem Mittagessen, salzlos und kaliumfrei, sank der Blutdruck; auch das war normal. Dann kam Keehler mit einem Dutzend Internisten und Chirurgen, und sie breiteten Gutachten und Laborstreifen auf dem Bett aus und debattierten über eventuelle Abstoßsymptome des neuen Organs. Und weil es zu eng war in dem kleinen Raum, stellte ich mich in den Flur.

Ich hatte den letzten Blutdruckwert rot unterstrichen und sah, daß jemand die Manschette aufpumpte. Kurze Stille im Raum, das Quecksilber sank. Dann hörte ich meinen Namen und war sofort alarmiert. Keehler ließ das »Herr« weg, kein gutes Zeichen, und ich zwängte mich zwischen den Ärzten ans Bett, dachte schon, ich hätte etwas falsch gemacht; die Maschine war neu, und sogar Karin, unsere Öse, hatte Probleme damit. Doch dann sah ich, daß alles in Ordnung war.

Brümmerchen, kollabiert, verdrehte die Augen. Der Puls war nicht mehr zu ertasten. Keehler nahm ihr die Zähne heraus, und ich rannte aus dem Raum und holte das fahrbare EKG-Gerät mit dem Notfallbesteck und dem Blasebalg. Ein Internist schob es ans Bett, und dann hörte ich auch schon den Alarmton, der immer erklingt, wenn die Nullinie über den Bildschirm huscht. Aus.

Für mich gab es da erstmal nichts zu tun. Das Zimmer war voller Kapazitäten, die Ratschläge brummten, ich konnte das Bett kaum sehen. Also machte ich einen sterilen OP-Wagen fertig, falls es einen Luftröhrenschnitt geben würde.

Das dauerte ein paar Minuten, und als ich damit fertig war und zwischen den weißen Kitteln hindurch ins Zimmer schaute, war man immer noch dabei, Brümmerchen die Rippen zu brechen. Ich hörte Keehler fluchen. Dann den matten Knall des Schockgeräts. Dann das zaghafte, gleich wieder ersterbende Fiepen der Herzkurve. Eine Weile stand ich unschlüssig im Flur herum. Endlich ging ich um die Ecke, ins Dienstzimmer, schloß die Tür und trank Kaffee mit einem Schuß Cointreau. Geschenk zufriedener Patienten. Ich legte die Füße auf den Schreibtisch und steckte mir eine Zigarette an; in zehn Minuten hatte ich Feierabend.

Ein paar Wochen später kriegte ich Krach mit dem Chef. Er halste mir mehr und mehr Maschinen zur Überwachung auf, sogar Problemfälle, und ich wies ihn darauf hin, daß ich nicht examiniert sei. Doch davon wollte er nichts hören, im Gegenteil. »Kommen Sie mir doch nicht mit dem Klischee, daß Langhaarige arbeitsscheu sind!« sagte er, nahm sich die Werte und ließ mich zwischen den Nachttöpfen stehen.
Zeit für einen Ortswechsel also, und ich hatte die Kündigung in der Kitteltasche, als ich den Rollstuhl über den Gang schob. Brümmerchen, seit einigen Tagen wieder ansprechbar, grüßte nach allen Seiten, und wenn jemand nach ihrem Befinden fragte, nickte sie und sagte: »Gut. Ganz gut. Ich war ja schon mal tot, wissen Sie.«
Im Aufenthaltsraum wollte ich sie gleich in ihre Ecke schieben, neben den Gummibaum, doch sie sagte: »Nee, nee, mein Lieber, erst an den Zeitungstisch.«
Gründlich musterte sie die Illustrierten, legte sich die eine oder andere in den Schoß, und ich setzte mich, sah auf die Uhr. »Sagen Sie mal, Brümmerchen, wie war das eigentlich? Haben Sie damals was gemerkt von dem Theater um sie herum? All die Ärzte und Apparate und Elektroschocks?«
»Ach wo«, sagte sie. »Und da bin ich auch froh drum, können Sie glauben.«

Ich nickte. »Klar. Stimmt es denn, was man so sagt: Daß plötzlich Gestalten auftauchen oder man ein weißes Licht sieht oder einen fernen Klang hört, wenn man stirbt?«

»Ich hab nichts gehört«, sagte sie. »Schaun Sie mal, die Queen. Was ist *das* wieder für ein Hut.«

Keehler kam vorbei. Ich blieb sitzen, schlug die Beine übereinander, und er reichte mir ein Krankenblatt, für das Archiv. Dann, mit einem Blick auf die Illustrierten: »Der Bildungshunger jedenfalls ist ungebrochen?«

Brümmerchen sah nicht auf. »Mit Ihnen hab ich überhaupt noch ein Wort zu reden, Herr Professor. Und zwar: Wann werd ich denn endlich mal entlassen hier!«

»Na, na, nicht so ungeduldig«, sagte er. »Wir haben Sie doch grad erst zurückgeholt. Da müssen wir Sie schon noch eine Weile beobachten – ob Ihnen nicht ein Pferdefuß wächst, zum Beispiel. Oder ein kleines Horn.«

Er las schon wieder in seinen Akten, und Brümmerchen sagte: »Quatsch mit Soße! Sie haben mich nicht zurückgeholt. Ich bin zurück*gekommen*! Weil ich nämlich noch was zu erledigen hab, so. Und deswegen muß ich endlich raus hier.«

Keehler zwinkerte mir zu. »Ach ja? Interessant. Was haben Sie denn noch zu erledigen?«

»Das werd ich *Ihnen* grad verraten!« murmelte sie, und ich lachte und schob sie in ihre Lieblingsecke. Der Professor ging.

Dann brachte ich ihr eine Flasche Wasser und sagte: »Ist das wahr, Brümmerchen?«

Unwirsch blätterte sie um. »Was?«

»Na, daß Sie sich entschlossen haben, zurückzukommen.«

»Klar.«

»Und wann genau?« fragte ich salopp. Ich wollte mal sehen, wie weit sie es treiben würde. »Als Sie die blauen Augen des jungen Chirurgen ...?«

Sie kicherte. »Keine Ahnung. Ich hab den Keehler brüllen hören, aber das war schon entfernt. Dann hab ich noch ein Knacken in der Brust gespürt, und dann nichts mehr. Alles in allem nicht unangenehm. Aber, wie gesagt, ich hatte noch was zu regeln, und dann bin ich eben zurück. Das war ungefähr ... Ja, keine Ahnung. Als Sie den Kaffee getrunken haben.« Sie zeigte auf die Flasche. »Gibts heut kein stilles?«

Ich hatte ihr Wasser mit Kohlensäure eingeschenkt, schüttete es in die Blumen und ging in die Küche. Dienstmänner verluden Essensreste, blockierten die Tür, und ich zog die Kündigung aus der Tasche, überflog sie ein zweites Mal und unterschrieb sie endlich. Ein bißchen zu schwungvoll vielleicht; der letzte Buchstabe landete auf der Fensterbank.

Dann brachte ich der Kranken neues Wasser. Wind wehte Laub gegen die getönte, fast bis auf den Boden reichende Glasfront, Wolken jagten über den Himmel, der ganze Raum schien zu flackern. Auf dem Korridor und vor der Stempeluhr kein Mensch, niemand schien mich zu vermissen, und ich stellte die Flasche auf den kleinen Tisch und setzte mich wieder. »Ich geh bald weg hier, Brümmerchen.«

Sie nickte, sah aber nicht auf. »Hab schon gehört. Schade eigentlich ... Aber Reisende soll man nicht halten, oder? Warum muß ich bloß immer dieses Obst essen. Ich hab noch nie in meinem ganzen Leben Obst gegessen. Wozu? Ich mag das einfach nicht. Was sind denn Ihre Lieblingsfrüchte, fragte mich die Schwester heut.« Sie schaute aus dem Fenster, in den Park, runzelte die Brauen. »Mozartkugeln, hab ich gesagt. Aber die darf ich nun auch nicht mehr ...« Dann blätterte sie weiter, und ich beugte mich vor, schenkte ihr das stille Wasser ein. Es funkelte in der Sonne. Schließlich zog ich den Rollstuhl näher heran. Er quietschte leise, und sie hob den Kopf.

»Na, komm mal her, mein Mädchen.«

Groß waren die Augen hinter der Lesebrille, ein blasses, an den Rändern zerlaufendes Grau, und ich murmelte: »Ganz ruhig ...« Fast berührten sich unsere Knie.

»Sie dürfen sofort weiterlesen. Gleich. Aber jetzt sagen Sie mir mal, woher Sie das wissen. Hm? Ich habe mit niemandem gesprochen. Keiner hat ... Ich meine, Sie waren doch gar nicht da, nicht bei Bewußtsein. Sie können mich nicht gesehen haben, oder? Der Raum war voller Ärzte, der Flur leer, und das Dienstzimmer ist drei Türen weit entfernt gewesen. Wieso wissen Sie, daß ich da einen Kaffee getrunken habe? Ihr Herz stand still, Sie waren tot. Wie können Sie das wissen?!«

Sie nickte, schluckte. »Ja.« Angst hatte sie, lehnte sich zurück, hielt den Morgenrock unterm Kinn zusammen. Der kleine Mund stand offen.

»Ja«, wiederholte sie endlich und schluckte. »Wenn Sie mich *so* fragen, junger Mann ...« Sie hob die Schultern, versuchte ein Lächeln, wobei die Prothese etwas verrutschte. »Das weiß ich jetzt auch nicht.«

Der Sänger

Paris zu mögen fiel ihr etwas zu leicht, um es wirklich zu lieben. Sie verbrachten ein längeres Wochenende dort, mehr konnte Hans sich im Moment nicht herausnehmen. Es war der Abend vor ihrem neunten Hochzeitstag, und sie hatten sich gestritten, weil er auch im Hotelzimmer noch arbeitete. Während sie vom Balkon sah, tippte er etwas in sein Notebook. Die Sonne war längst untergegangen, und das Grün der Kastanien auf der Plâce St. Sulpice sah jetzt dunkel aus, fast schwarz.

Sie dachte an die Bäume zu Hause, die Akazien in ihrem Garten, und daß sie demnächst blühten; zwei von ihnen sollten gefällt werden in diesem Herbst. Kinder, nackte Zigeunerkinder, planschten in dem mächtigen, hell erleuchteten Brunnen. Die meisten suchten Geld, doch eines, ein Mädchen, hockte sich unter die ausladende Marmorschale, wo es kaum noch zu erkennen war, und streckte die Hände durch die herabfließenden Wasserschleier. Winkte es ihr zu?

Sie winkte zurück. Hans wählte eine Nummer, telefonierte mit seinem Prokuristen in Berlin, und Marisa nahm sich einen der zerknüllten Scheine vom Tisch, einen großen, und ging aus dem Zimmer. Mit dem Hörer am Ohr kam er ihr nach und zischte »Habs gleich!«

durch den Flur. Er hielt ihr die Schuhe hin, ein Paar aprikosenfarbener Seidenpumps, doch sie drehte sich um und ging barfuß die Treppe hinunter.

Keine Kinder mehr in dem Brunnen, und sie schlenderte ein Stück weit den nassen Spuren nach, bis zum Café du Mairie. Auf der Terrasse waren alle Stühle besetzt, sie trank einen kleinen Weißwein an der Bar. Trotz der Computer mit Fernbedienung gab es noch Blechteller für das Wechselgeld, und mehrmals am Tag wurde Sägemehl auf den Boden gestreut. Das Glas in der Hand, griff sie mit den Zehen da hinein.

Ihr Kleid hatte keine Taschen, und sie ließ die Münzen auf dem Tresen liegen und steckte sich die Noten in den Büstenhalter. Dann ging sie auf den Boulevard St. Germain, der voller Menschen war, besonders vor den Kinos. Sie hatte hier gewohnt, zwei Semester lang, kannte jeden Winkel des Quartiers, und als sie am Mittag vor der Tür ihres ehemaligen Zimmers in der Rue Mazarine gestanden hatte, waren ihr fast die Tränen gekommen. Keinen der Namen an der modernen Klingelanlage kannte sie mehr, die alte Concierge längst tot, im Parterre ein Handy-Geschäft; aber an der Zimmertür noch immer der wackelige, schon vor Jahren mit Draht geflickte Knauf aus geblümtem Porzellan.

Auch die Café-Terrassen auf dem Boulevard waren besetzt, und im Deux Magots und im Flore lagen nicht nur Zigarettenpäckchen und Feuerzeuge neben den Gläsern und Karaffen, sondern oft auch Bücher, Notizbücher, Stifte. Die weißgeschürzten Kellner mit den hochmütigen Gesichtern, die gepflegten Paare an den kleinen Tischen, der Modephilosoph, der sein langes Haar zurückwarf, ehe er über die Schwelle trat, die nervöse Schöne vor dem Geldautomaten, sie alle spielten nach Kräften mit in dieser funkelnden Inszenierung Paris. Und doch gab es etwas an dem Abend, das einem nicht gleich bekannt vorkam, und Marisa brauchte eine Weile, um herauszufinden, daß es nichts Sichtbares oder Akustisches: daß es das Vertrauteste war. Der Duft der alten, zu beiden Seiten der Straße blühenden Akazien.

Stärker als der Grillgeruch und die blauen Rauchschwaden über den Terrassen, stärker auch als die Abgase der Autos und Motorräder war er, und das kam ihr ganz wunderbar vor. Sie ging immer weiter über das breite, von den Schatten der Bäume und Äste geäderte Trottoir und schloß ein paar Schritte lang die Augen. Hier blühte alles früher als in Berlin.

Ein Passant zischte ihr etwas zu, es klang obszön, doch sie beachtete ihn nicht. Und dann lagen die Cafés und Restaurants plötzlich hinter ihr, und sie kam in den dunkleren, von keinem Schaufenster mehr erleuchteten Teil des Boulevards, wo kaum noch Touristen flanierten. Durch den Motorenlärm und das Hupen hindurch hörte sie manchmal Musik, eine Gitarre vielleicht. Junge Männer pfiffen und winkten ihr aus den offenen Wagen zu, drehten die Radios auf, und sie lächelte und ging weiter. Sie wollte zu dem alten Schirmgeschäft, Treffpunkt einer früheren Liebe, einem winzigen Laden aus Blattgold und Blech.

Doch sah sie schon von weitem, daß auch dessen Fenster dunkel war. Trotzdem stand eine Gruppe Menschen davor, und wieder hörte sie das Saiteninstrument, elektrisch verstärkt und von einer Trommel begleitet. Fast alle Menschen vor dem Laden, zwei Dutzend oder mehr, schienen Araber zu sein, wohlhabende Algerier. Die Männer trugen polierte Maßschuhe und Anzüge, deren Schultern aussahen, als wären sie mit dem Winkeleisen gepolstert worden; die Frauen hatten Modellkleider mit orientalischem Schmuck kombiniert. Sie waren deutlich guter Laune, kamen wohl von einem Essen, einem Fest, und Marisa lehnte sich an einen Baum, an die rauhe Borke voller Zettel, und beobachtete die Gruppe. Man lachte, klatschte, wiegte sich in den Hüften; man schnippte mit den Fingern zu der Musik, die aus dem Eingang neben dem Laden drang.

Dort, vom Schein des elektronischen Türöffners beleuchtet, hockten zwei Männer, ebenfalls Araber. Der Trommler, der Jeans und ein kariertes Hemd trug, war kaum älter als Marisa, ein zarter Mann mit schütterem Haaransatz, was seine Stirn sehr hoch erscheinen ließ. Sein sanft gebräuntes Gesicht mit der auffälligen Hakennase hatte einen selbstvergessenen, irgendwie demütigen Ausdruck. Kaum je öffnete er die Augen, und die Hände bewegten sich so schnell über die beiden Bongos zwischen seinen Knien, die Finger- und Daumenkuppen huschten so leicht und scheinbar flüchtig über die Felle, daß man sich wundern mußte über den kraftvollen, oft holzharten Klang, den sie erzeugten.

Der andere Mann war älter. In seinem dichten, struppigen Schwarzhaar gab es silberne Fäden, und er saß im Hocksitz der Orientalen neben einem Verstärker, kaum größer als eine Aktentasche, und zupfte eine schnelle Melodie auf den drei Saiten seines Instruments. Es hatte einen lautenartigen Corpus mit langem Hals und sah sehr kostbar aus. Jedenfalls schien es neu zu sein, und vor dem zweifarbig hellen Holz mit den Perlmutt-Intarsien wirkten die Hände des Mannes verblüffend dreckig.

Was sie waren. Auch seine Kleider, die offene Bolerojacke, das Unterhemd und die helle Pluderhose starrten vor Schmutz. Die Bündchen an den Knöcheln waren ausgefranst, Schuhe trug er keine, und zwischen den Zehen seines rechten Fußes klemmte eine selbstgedrehte Zigarette, von der er, wann immer Spiel oder Gesang es erlaubten, einen tiefen Zug nahm.

Ein kräftiger Mann, vermutlich nicht groß, die Finger jedenfalls waren kurz und dick, und auch die Form des Kopfes ließ einen eher gedrungenen Körper vermuten. Das Weiße in seinen Augen sah trüb aus, krank, der Bart war älter als drei Tage, und die Zähne, die zwischen den vollen Lippen zum Vorschein kamen, waren schief und braun. Außerdem schien er betrunken oder bekifft zu sein. Oder beides.

Doch gab es etwas in seiner Stimme, ihrem Hall in dem Hauseingang, das all dies vergessen ließ; als hörte man sich selbst in einem fremden Traum, einer anderen Zeit. Tief, drohend und so rauh, daß Marisa die Vorstellung von Sand bekam, leichtem Dünensand, der ihr über das Gesicht, über Nacken und Schultern rieselte, war es eine starke, vor Trauer und Erfahrung machtvolle Stimme, um so mehr, als dieser Mann offensichtlich zu den

Ohnmächtigen gehörte. Und auch gar nichts anderes wollte.

Er trank Schnaps, irgendeinen Anis, und natürlich verstand sie keins der Lieder, deren Rhythmen und Melodien etwas von dem Schwung und der schönen Strenge arabischer Schriftzeichen hatten; doch konnte es nur um Liebe gehen, um enttäuschte Träume, Bitternis; sie verstand kein Wort und doch alles, das Dunkle darin, das älter war als der Sänger, der Sommer und die Stadt um sie herum, und sie drückte sich ab von dem Baum und stellte sich in den Halbkreis der Zuhörer.

Kehllaute, Gelächter. Es roch nach Knoblauch und Wein, nach Haschisch und Chanel, der Goldschmuck der Frauen klingelte ihr in den Ohren. Die edlen, etwas zu fetten Gesichter der Männer glänzten vor Hitze und Alkohol, und einer legte den Arm um Marisa und steckte ihr eine fast verblühte, am Stiel mit Silberpapier umwickelte Kamelie in den Ausschnitt; dabei zwinkerte er einem anderen zu. Doch sie schloß die Augen, summte und klatschte mit, und es tat ihr fast körperlich weh, wenn der Sänger sich mitten im Lied unterbrach, um einen Schluck aus der Flasche zu nehmen oder einen Vers zu kommentieren.

Aber gerade das schienen die meisten Zuhörer mehr zu mögen als die Musik. Ein beiseite gesprochenes Wort, ein Grunzen zwischen den Strophen oder eine zotig klingende Zurechtweisung des scheuen Trommlers, und man schlug sich auf die Schenkel, applaudierte und kreischte so schrill, daß Fenster geöffnet wurden in den oberen Etagen. »Schieß ab!«

Flüche, Beschimpfungen, eine leere Bierdose von irgendwoher, jemand drohte mit der Polizei. Doch der Sänger reckte die Faust in die Höhe, rief »Vive la France! Vive la révolution!« und spielte weiter.

Selbst wenn er grinste, sah er müde aus, irgendwie erloschen. Je begeisterter das Publikum sich gab, je ausgelassener, desto fahriger klang sein Gesang; oft bewegte er nur noch die Lippen – während seine Finger immer schneller und unkontrollierter über den Instrumentenhals flitzten. Dabei starrte er fast apathisch vor sich hin und schien Anfeuerungen nicht zu hören. Nur wenn er die höheren Töne zupfte, fletschte er die Zähne, stöhnte, schrie, und Marisa, dem Griff des Mannes entwunden, klatschte immer heftiger und überließ sich dem Rhythmus. Ihre Handflächen brannten. Die Blüte rutschte ins Kleid.

Geld fiel auf den Bürgersteig, Münzen, Scheine, eine goldene Krawattenklammer, doch die Musiker beachteten das nicht, auch nicht, als ein Junge mit seinem Skateboard da hindurchflitzte und es nochmal aufwirbelte. Vielmehr schloß der Sänger die Augen und ließ sich, ohne sein Spiel zu unterbrechen, langsam aus der Hocke vornüber kippen. Jemand lachte auf, und eine Frau, die Brauen hoch gewölbt, hielt sich eine Hand vor den Mund. Berührte aber nicht die geschminkten Lippen.

Der Mann fiel von der niedrigen, schon zu einer Mulde ausgewetzten Portalstufe auf das Pflaster, wo er sich hin und her wälzte und mit den Beinen strampelte, spielend. Man klatschte zwar weiter, wich jedoch Schritt für Schritt zurück vor ihm, fast bis an den Gehwegrand. Die Laute schrammte über den Boden, und Kronkorken, Zündhölzer und Zigarettenkippen blieben an seiner Pluderhose hängen, an der Jacke, im Haar. Sein Gesang war nur noch ein Knurren und Raunen, und auch das Instrument klang plötzlich verstimmt. Nach wilder Trauer, Wut und Durchdrehen hörte sich das an, nach herrlichem Schmerz, und etwas in der Luft richtete die Härchen an Marisas Unterarmen auf.

Zerklirrendes Glas. Das Verstärkerkabel verheddterte sich, die Box schlug um, doch der Sänger kümmerte sich weder um die davongehenden noch um die zuhörenden Leute; er spielte. Auch der Trommler machte weiter, und plötzlich ahnte sie, daß eine winzige Bewegung genügte. Sie wußte es. Daß sie einfach hinaustreten konnte aus diesem Rieseln auf der Haut, aus allem, was sie war und nicht mehr sein wollte, daß sie nur einen Schritt auf den Mann zugehen und ihm die Hand reichen mußte durch den fließenden Sand. Jetzt, hier, für immer.

Sie wurde angerempelt. Kinder, abendselig keuchend, tollten vorbei, und sie wich einen Schritt zurück, über die Granitkante, und erschrak tief, als sie auf eines der gerollten Teppichstücke trat, mit denen man in Paris das Rinnsteinwasser staut. Als träte man auf einen toten Hund. »Warte nur, bis ich dich kriege!« rief ein Mädchen einem davonrennenden Jungen nach. »Dann geht aber die Sonne unter!«

Der Sänger, auf der anderen Seite der Angst, schlug spielend einen Purzelbaum, und vielleicht hatte sie einen Moment zu lange gezögert. Vielleicht hätte sie nicht in ihren Ausschnitt greifen sollen. Das Kabel spannte sich, der Stecker fiel aus dem Verstärker. Und plötzlich

klang das Instrument wie hinter einer zugedrückten
Tür.

Der Brunnen war ausgestellt, der Mond schien hell, sie
ließ den Raum dunkel. Auch als sie abschloß, wurde
Hans nicht wach. Auf dem winzigen Balkontisch stand
Geschirr, ein Glas, eine halbe Flasche Wein, und sie zog
sich aus und legte sich neben ihren Mann, blickte über
seine Schulter hinaus.
Stimmen, weit entfernt. Vielleicht auch im Nebenzim-
mer. Auf einem der Teller lag noch ein Salatblatt, lappte
etwas über den Rand, bewegte sich in einem Wind-
hauch. Licht von unten, von dem Namenszug des Ho-
tels schien da hindurch, und sie fröstelte, schlüpfte
unter die Decke. Hans, die gefalteten Hände zwischen
den Knien, roch nach dem Duschgel, das sie ihm geschenkt hatte, Pino Silvestre. Er schnarchte leise. Doch
kaum berührten sich ihre Körper, schreckte er zusammen. »Hm? Was ist?«
»Nichts«, sagte sie und schloß die Augen. »Du hast
geträumt.«

Ralf Rothmann
Seine Bücher
im Suhrkamp Verlag

Messers Schneide
Erzählung. 1986
suhrkamp taschenbuch 1633

Kratzer und andere Gedichte
1987
suhrkamp taschenbuch 1824

Der Windfisch
Erzählung. 1988
suhrkamp taschenbuch 1816

Stier
Roman. 1991
suhrkamp taschenbuch 2255

Wäldernacht
Roman. 1994
suhrkamp taschenbuch 2582

Berlin Blues
Ein Schauspiel. 1997

Flieh, mein Freund!
Roman. 1998
suhrkamp taschenbuch 3112

Milch und Kohle
Roman. 2000

Gebet in Ruinen
Gedichte. 2000